金魚夜夢

林薇晨

目次

輯一：墨水

輯二：祕密

輯三：家政

輯四：金魚

（依姓氏筆畫排列）

安靜布置的文字箱庭

薇晨以書寫證明了：正是書寫這件事自身，使得經歷的時光、場景，付出與收獲的感情，是如此具有價值；對於日常種種因緣、關係、習慣、執念的細究，既是祝福，也是放手。從平實生活現場到書頁的過渡，在這本散文集裡，教人聯想到植栽移盆，或飼魚換缸，彷彿將那些或與人共享、或獨自咀嚼的人間幽微生命力遷徙至此間一個個她虔肅安靜布置的文字箱庭，目的並不為保持距離點評玩賞，而在於提供一份能讓自己與讀者優游其中的豁然，以及不必說盡的微妙餘味。

——丁名慶（資深編輯、《幼獅文藝》前主編）

翻閱《金魚夜夢》，彷彿親眼見到林薇晨，這位心思縝密、字字珠璣、起承轉合與節奏運行幾近完美的散文家。她栩栩書寫出生活在台北都會、敏銳多感的年輕女性之憂歡苦樂，以及對物質、社會、人際之間的靈敏感知。

拜讀後最直接的感覺是，如果江鵝的散文是台南古都女性北上的代表作，那麼，曾經一心想專職寫作的林薇晨的散文，則是二十五至三十五歲、當代台北都會女性的代表作。任何題材到林薇晨手中，似乎都能幻化出直指心底的思緒萬千，我甚至認為若要拍攝當代台北女性的生活，林薇晨的文本是改編的不二之選，必定可在文壇甚至跨領域閃閃發亮。期待這一天，如我對薇晨所言。——古碧玲（《上下游》副刊總編輯）

薇晨的散文總讓我想起小津安二郎的鏡頭，以細緻剪裁的文字，聚焦看似閒散悠緩的日常事物，我們被她徐徐的聲腔與目光領著，恍然便發現這些靜物曝於顯微鏡下，浮游生物與細菌悄悄攢動，於肉眼之外，不悲不喜地繁衍。倏忽這些細微小物為光所照，剔透瑩亮，紛至旋轉，游向鏡頭邊界，留下一道靜寂悠長。

——許閔淳（作家）

超市手推車的路徑、飼養金魚的瑣事、黃芥末的滋味、語言的歧異：《金魚夜夢》提示日常的一切細節。在這個萬物皆能替換、輕鬆就能斷捨離的時代，我們需要如此文字來提醒物件、感官，以及痛的存在，才不致忘卻自己生活在這個宇宙、這顆星球；作著金魚夜夢的同時，不致忘卻隔日早晨的鬧鐘。

——煮雪的人（詩人）

浮萍上的跳舞

包子逸

我熱中收藏某種無法具體形容、「瓷質清脆」的文體，包括林薇晨的兩本作品，它們經常帶給我瞬間新異的活潑愉快，有風清涼的感受。

雖然那樣的質地實在難以具體形容，但如果要懶惰地說，不過就是「耐讀」。「耐讀」是我偏好的藏書特徵，簡單講即是閱讀時得以獲得各種大大小小福至心靈的時刻，它能夠讓無聊的日常有技可施，回首一看再看的時候也不覺得乏。耐讀不是一種容易抵達的境界，尤其是向來以散為樂的散文集，數十篇短文就是數十個微型宇宙，許多所謂的文集讀之頂多像裡面夾藏微量金箔的密集板（讀起來大部分感覺像木屑，含金量很低的意思），然而林薇晨的文集裡使人心情一亮的段落層層疊疊，無論是遣字或巧思，可以說是星雲繚繞，對於像我這樣挑食的讀者，也不禁感覺幸運。

林薇晨的文風乍看之下富於工筆，她的形容讀起來有種細細推敲的勻稱，但我認為她的推敲並非一味耽美的文字遊戲——許多耽美的文藝腔容易使人美學疲勞，然而她的作品於我卻相當紓壓，我想主要是因為她掌握了傑出的即興能力。在平鋪直述與天花亂墜之間，自溺與淑世之間，「即興」是散文體中特別難以平衡的特技，它看起來要夠鬆，然而它想表達的一切又最好能精準得像一枚浮萍上的跳舞。林薇晨在散文的遊藝場裡即興得非常之游刃有餘，我想這是因為她引人入勝的舒張寫法。在中文世界裡，散文這種體裁往往具備高強度抒情的功效，一不小心就掏心挖肺，我其實有點害怕那種使自己感到侵門踏戶的內心巡禮，林薇晨在這個內觀的領域點到即止，恰好不讓人覺得生分，也不過於疏離；而最重要的是她為文充滿向外觀望的好奇與不流俗的觀點，某種舒服的阻力，卻沒有陷入好為人師、自以為偉大的魔陣。

日式散文有禪寺灰階的恬淡屬性，我感覺日本散文家撰文時，往往耗盡力氣試圖仿造一種話家常的輕鬆感，導致語言素樸，像顆白煮蛋，即使內容可能異常沉重；台灣的非虛構散文經常朝光譜的另一端傾斜，多半不能輕鬆（潰不成軍的不算），無論是主題或詞藻的選擇——即使寫的是小調，彷彿唯有透過精工才能證明作品的價值，導致像我這樣嗜讀散文的人，到後來讀起一些明明不帶有任何論述性質的散文，竟也興起疲憊之感。林薇晨的作品取向不屬於前者，沒有那麼陰翳，相反地酷好鮮亮的視覺與氣味比喻；也不同後者，沒那麼刺繡掛氈般厚重，那麼讓人想睡。勉強類比的話，我認為她的散文性格讓我想起美國的 E. B. White。E. B. White 的童書諸如《夏綠蒂的網》（Charlotte's Web）、《一家之鼠》（Stuart Little）為人所熟知，但是他許多傳世的散文經典諸如〈Death of a Pig〉、〈The Ring of Time〉、〈Once More to the Lake〉同樣具備了「瓷質清脆」的可愛，對於寵物的深情，思索死亡時的低迴，清麗而餘韻無窮的收尾等等，帶領讀者淘洗思緒，同時註記大時代風景，一百年過去，即使物換星移，E. B. White 的散文的耐讀性仍沒有任何耗損，他那種老派柔情的寫法顯然可以在林薇晨青春的書寫中找到呼應。

林薇晨在輯一形容寫作是跳繩一般不追求終點的運動，形容端坐在桌子前方的寫作之人「終究都不免有一種連滾帶爬的姿勢」，讓人不覺莞爾，但是我大概知道她的意思，思索人為何寫作，是每位文字勞動者的修行，而且那思索最好不能帶有「有所成」的功利性，否則難以為繼。她在輯四談她的一雙金魚，於我來說同樣也是一種對於人生各種徒勞的探索，在一個框架裡面，認真地凝視水面下的風景，從百般無聊之中獲得趣味（偶爾獲得打擊），散文經營者在桌案或電腦螢幕前反覆校對的是非常類似的東西。

在這個資訊核爆、抖音燎原的時代，反芻似乎變得格外不合時宜，耐讀的滋味顯然已經是保育類款式，日益微渺；因此我特別珍惜讓人流連的角落，包含各式情調、思想或風格定義上的，以及像《金魚夜夢》這樣一本散文集。

＊本文作者包子逸為《風滾草》、《小吃碗上外太空》作者。

輯一：墨水

歲末採購

朋友新近得了一筆工資，有意治裝，遂約我陪他一起逛街，找一條適合穿去派對的長褲。朋友平常極忙，身兼數職，主要工作是英文家教與翻譯，同時也在合唱團和音樂會擔任要角，偶爾寫些採訪稿，薪水也難說穩定或不穩定，總之是一陣一陣的收穫。難得見面，我們聊起彼此作為自由業者的生活。

到了歲末，我有幾篇稿子要完成，關於天氣的，關於節日的，不知應當怎樣安排它們的寫作順序才好。儘管題材並不缺乏，時間是缺乏的。朋友終於迎來休假，滿心期待著他的派對，想到那些潘趣酒、烤雞、草莓蛋糕，他覺得很是快樂了。

我們逛到一間開在地下室的服裝店，店裡掛滿各式長褲。朋友走出試衣間，立在鏡前供我品頭論足。他的身形剛好位於尷尬的尺寸，大一號的褲子穿起來有點鬆，小一號的穿起來又有點緊。店員表示，這些長褲都可修改，只是要等三天，沒法當日取貨，修改費兩百五十元。店員問道：「這樣對你來說會太緊嗎？」朋友答道：「修改費沒問題，我前幾天剛領到錢，手頭還算寬裕。」店員笑了，急忙解釋，她問的是長褲的鬆緊程度。朋友也笑了，拉一拉褲頭，給店員在褲管標註了裁縫師需要的修改記號。

離開服裝店，我還在想那歧義發生的瞬間。其實我以為店員是問朋友的時間可會太緊，等到褲子修改好，是否來得及去拿，來得及參加歲末的派對。

截稿期限

冬日裡我有許多應該完成的事情，林林總總列在白紙上，整個一月遂也有一種清單似的工整。應該去郵局寄信。應該去超市購物。應該去咖啡店靜坐寫完一篇涉及回憶的文章。各式各樣的應該，顯示的只是更多式樣的不應與不該。每一年，關於節制的功課，總是從最冷的日子開始進行的。

然而，在這樣的季節裡，常常我難以成為一個克己復禮的人，只想恣意延宕著一切。也許與氣溫的萎靡有關。寫作者務必遵循的禮儀，說得白了，不過就是一道一道截稿期限，繩索也似，長年橫亙在眼下。日日寫作的生活，於我，有時即是跳繩一般的運動。繩子來了，我跳過去，繩子轉了一圈，再次來了，我再次跳過去。那道繩索在空中幾度輪迴，漸漸形成一種結界，將我與周圍的他人隔離了，誰也不便近身。人們各自玩著各自的遊戲。在操場上，有誰為此喘吁吁的，呼出的氣息，因為寒冷的緣故，終於化作一氳一氳的白霧了。

我常常想，倘若寫作一事真有什麼表演性質，單是不被那條繩索牽絆，跌跤，已是一種關於承諾的技藝。我日復一日對我的編輯展示守時的才能，為了守時，不能不將生活裡每隻時鐘的發條旋得緊緊的。把持繩索之人，躍過繩索之人，各司其職。作風洋派的人們儘管稱它為死線，其實真正恐怖的全然不是死亡，而是死去又活來，活來又死去，往復不已。薛西佛斯式的體育課，上過一堂一堂，始終不變的是那關於時機的感測練習。一二三，跳吧。一二三，跳吧。我在心裡默默數著數。直到有天我終於發現，握住繩索兩端的不是別人，正是我自己。

這樣的寫作，是對於差遲的抵抗，對於疲倦的抵抗。寫完一次一次又一次，我為的究竟是什麼呢？或者究竟不是什麼呢？而跳繩是一項並不追求終點的活動。跳繩的我，只是等在原地，等那道永無止盡的律令約束著自己。腳尖觸及地面的時刻，我深深一呼吸，慶幸於自己的降落令編輯也鬆了一口氣。跳繩般的書寫，如果有它的別名，那應是所謂的「踐約」。

青澀的我所選擇的職業，是一份再也不容退卻的職業。明白這一點以後，我也只能繼續跨越復跨越。眼前沒有什麼前方或遠方，沒有目的地。如果旁人向我問道：「所以你究竟想要抵達哪裡呢？」想必我是無法回答的吧。

冬日午後，在未曾開燈的客廳，我裹著毛毯坐在窗戶旁的沙發裡，把筆電放在曲起的膝蓋上，校閱一篇將要寄給報社的文章，校得很慢很慢。在完成一篇文章的過程裡，校閱是最令我感到快樂的步驟。校閱時我總是把整篇文章複製起來，貼到 Google 翻譯的欄框裡，請那人稱 Google 小姐的機械語音將文章逐字逐句朗讀出來，因為單憑肉眼閱覽，總有一些錯字、別字、漏字、贅字、重複使用的字、順序倒反的字要被遺漏了。校閱的重點在於眼耳並用。我諦聽 Google 小姐複誦著我的文章，一遍一遍，偶爾竟也會錯覺那是她對我訴說的一則故事（這畢竟是個人工智慧日新月異的時代），而並非出自我自己。

日前我在社群媒體上看見一張以「校稿之可怕」為主題的梗圖，背景似乎是電影《返校》裡的陰森教室，附註說明是「眼藥水、葉黃素、維他命B群」，十足黑色幽默，我便非常想在這些保健物品後面再加上一個 Google 小姐。在空曠的客廳裡，她高聲念著，字正腔圓，無波無瀾，遂很有平安的意思了。喇叭裡的親切女子，廣播也似，也許某天她終究會違背指令，唱出屬於自己的歌曲。

這樣蕭條的冬日，我與來自機器的女音和平共處一室，可以永遠這般和平下去。

在截稿期限降臨以前，我們都感到充分的自由。

專職寫作

多年以來，我已習於獨自在鍵盤上製作一件作品，定期寄給報社的編輯。發送電子郵件。接收電子郵件。訊息穿梭在無數虛擬的書信及其附加檔案之間，似乎彈指就能抵達光年以外。文字沒有重量。不知何時我忽然領悟到這個道理。文字沒有重量。只有在觸摸到副刊回贈的剪報之際，我會確切感覺到那油墨，印在灰撲撲的紙張上，一毫克有一毫克的沉甸甸。在這個講求輕薄短小的時代，寫作的意義之於時代也跟著微縮了。

日前偶然看到一個日本電視節目的調查活動，訪問著行人：「什麼時候你是最快樂的？」行人多半皺眉支吾，關於快樂的事情竟要一段時間方能想及。不是因為太多快樂可以挑選了的緣故。行人踟躕於他們稀少的快樂，彷彿不過是搪塞，「大概是搓揉貓咪粉紅溫暖的肉球吧」，「最近一次是上個月吃到抹茶生乳酪蛋糕」，「除了看見存摺的數目越來越大沒有其他了」。我默默詢問自己什麼時候是最快樂的。寫出一篇文章，並且潤改完成的瞬間，稿子上的每個文字都在它們應該在的位置，不可變更，不可取代，那樣的快樂是無與倫比的。

然而，離開學校，專職寫作的生活過了一年，有時我也疑惑是否能夠再繼續這樣過下去。因為旁人對於我的疑惑多於我對於自己的信念，遂令這些信念也一點一點無聲了起來。我變得非常沉默，在面對來自周圍的質問之際，總是不知如何為自己的選擇辯解——即使回答了，也還是要被歸類於辯解。他們問：你不缺錢嗎。他們問：你不缺題材嗎。好像只要有個正職工作就可以同時賺進很多錢與題材一般。我說：缺錢當然總是缺的，我並不否認錢的可愛。也說：題材當然也總是缺的，如果寫作是我一輩子的工作，題材形形色色是最好不過。可是現在，我並不感到缺乏。

「現在你並不感到缺乏不代表以後你就不會缺乏，等到你發現自己的缺乏的時候，一切就來不及了。」遠方傳來這樣的聲音，幾乎是來自未來的一則箴言。好像旁人都紛紛去過了未來，預見以後的敘事，只有我一人還痴痴在此鋪排著縹緲的幻想。然而他們永遠也不會曉得，對於作為工作的寫作我始終比誰都更要嚴肅。當代寫作的矛盾之一在於：為了能夠寫作，往往必須進行一些寫作之外的事務。這意思似乎是：為了成為自己，有時就要暫時不當自己。

儘管如此，開始找工作以後，我驚覺專職寫作在許多人眼中並不能算是一份工作。沒有公司名稱的履歷只是一紙空白的履歷，而我似乎是心甘情願任由自己浪費時間。在面談的小辦公室，小會客室，戴著口罩的主管高層只是一張一張沒有表情的臉譜，流露著他們的眼神，悲憫的，訝然的，微諷的，睫毛一眨就是一次頷首，不眨就是不置可否。後來我從這些眼神裡學到的一件事情就是：工作的定義不是什麼賦予你尊嚴，而是什麼賦予你頭銜。是一張四四方方的名片把人撐持得有頭有臉。

什麼也不想去想的時候，我癱瘓在沙發上發呆，發一整個下午的呆，無所事事。生活是一根銳利的針，日復一日旋轉著，而我練習在這樣的針尖上站立，平衡，刺出了腳底的血漬，卻仍認為自己尚有跳舞之必要。說到底，一切涉及創造的職業在他人眼中至多就是娛樂性質的才藝，人人交換著自己的特長，取悅彼此，盡責到近乎滑稽的程度。無論寫作作為我的正職或副業，生活都不會改變它傷人的本質。他們問：日日寫作你不覺得孤寂嗎。我始終感覺這個問題非常奇異，因為它的預設是，除了寫作以外的工作就能夠避免孤寂，而避免孤寂是重要的。我只說：與其說寫作是孤寂的，不如說寫作是我在孤寂的時候還能獨立完成的一件事情，因而令我忘卻孤寂了。

然後，在新的一天，也還是要繼續打直自己的脊梁，直得像一本老書的書背。無論是誰來翻閱我，我都無法提供他們想要的答案，可是在那字裡行間，或許也會有他們願意姑且瀏覽的風景。你快樂嗎？你快樂嗎？十指的指尖在鍵盤上，敲門也似敲著，其實我不過是想要在文字裡面尋求一個藏身的場所。

即使端坐在桌子前方，寫作的人終究都不免有一種連滾帶爬的姿勢。

手部復健

得了肌腱炎以後，寫作成為一件富於疼痛的事情。我總是趁著身體狀況還好的時刻，拿捏著速度，打起要打的字，放慢放慢，並且試圖在痛覺來到以前趕緊收手。指尖踮在鍵盤上，一步一步，輕輕去到它們去熟了的字鍵。科答科答。科答科答科答。我在深夜聽見這些生產文字的聲音，偶爾也會聽見自己躡手的罪惡感。

從來不曾想過自己會當上復健診所的患者，然而畢竟當上了。我的復健醫生是個彌勒也似的中年男子，瞇瞇的眼，厚而飽墜的耳垂，即使隔著口罩我也能感測到他隱密的含笑。第一次看診時，醫生問道：「你有參加勞保或工會嗎？」我囁嚅著，表示沒有。醫生又道：「那可能就不便申請職災給付了喔。」聽了這話，我才恍然意識到我的肌腱炎是一種職業傷害。這份意識來得過於倏忽，以至於我只能向醫生承認我的工作是打字——必須打很多字的那種——而非專職寫作。往往一個人的疾病就代表著他的身分，在語焉不詳的我的前方，我的肌腱炎替我進行了自我介紹。

午後的復健診所有許多前來復健的患者，穿戴著他們的拇指護具、肘部護具、踝關節護具，靜悄悄坐在椅子上，仰頭收看電視新聞裡的世界。瘟疫。股票。罷免連署。春雨。我坐在患者之間，物理治療師幫我貼上電療貼布，左手腕兩塊，右手腕兩塊，微微麻麻的電流一刺一刺，時而密集，時而疏鬆。必須給電上二十分鐘。

在這種病痛的時刻，我總是驀然生出許多告解與警惕。我想像自己是某間出版社的編輯，暗暗虛構著各種復健保健書籍的標語，一句一句都是涉及懊悔的呢喃。「給打字的你：雙手永遠忠於痛楚。」「鍵盤上的踢踏舞與它的中場休息。」「開始吧！以正確的姿勢去深愛一件工作。」正確的姿勢是重要的，然而對於工作的覺悟更為重要。我常常一邊接受電療，一邊計劃如何改變打字的習慣，一邊也朦朧害怕著此後終將到來的，眼球的脊椎的臟器的疾病。如果長期久坐打字是我難以避免的日常活動，又能怎麼辦呢。

電療結束，我將雙手洗淨，先後伸進煮得滾燙的石蠟裡，左手浸泡十次，右手浸泡十次。手掌與手腕被純白的蠟膜包覆著，戴上塑膠袋，再戴上隔熱手套，一樣得敷上二十分鐘。二十分鐘束手無策。這樣的蠟療想必也曾實施於其他的手，來自洗碗的主婦，彈琴的音樂家，填補齲齒的牙醫。各行各業的手操作著，操作出了相仿的病症，很有宿命的意思了。

復健診所裡另有許多兒童，成群結隊的，為了語言或注意力的問題而規律復健著。診所準備了整櫃玩具，兒童每次來復健後可以獲得鼓勵的星星貼紙，集滿若干可以換取某種等第的獎品。有一次，一個接受構音矯正的女孩出了教室，語言治療師對她的母親笑道：「今天進步很多喔，但是她念到『螃』蟹時還是會念成『爬』蟹。發出『螃』這個音對她來說太吃力了，所以她偶爾就會偷懶。」女孩的腮頰紅赧了。對於這些兒童而言，復健診所似乎就像個課餘的補習班，不能不定期來到。在這以健康為正常，以正常為健康的社會裡，關於與疾病共處的課題，他們也許比誰都更早明白。

復健診所的候診沙發旁，一盆不知名的小樹伸著崢嶸的莖與枝，無葉無花，盆上恆常貼著告示字條：「今日已澆水。」裹著溫暖而漸漸冷卻的石蠟，我總是想，等到那棵小樹冒出新芽的日子，我就會痊癒離開這間診所了。

郵寄年代

郵局是一種抒情的場所，大量的符號與消息聚集在此處，又被派送至其他地址，日復一日。我在不同的郵局寄過不同的物件，給口試委員的論文，給文學獎主辦單位的作品，給出版社的校對稿，每一次都懷抱著鮮明而難以忘卻的情緒。期待與不安花開並蒂，成雙成對，令人疑惑可否剪下其中一朵。哪一朵都好。領取了掛號函件執據，整個人也像給編了碼一般，成為一組在信件洪流中翻滾的數字。

寄信就是把一部分的自己寄出去，以零星硬幣的郵資。我住處附近的一間郵局，室內占地寬綽，櫃台窗口裡坐著三位不同世代的郵務員（簡直就跟電影《消失的情人節》一樣），各自處於她們的三十幾歲，四十幾歲，五十幾歲。五十幾歲那位郵務員，總是搽著與制服同樣色系的眼影，似藍似綠，每次看見如此職業至上的妝扮法則，我便不禁肅然起敬。「郵」字如果是一枚刺青，想必業已紋進她的人生裡了。

資歷或深或淺，郵局裡的郵務員一律是熟練的。她們的手掌磅秤一般，掂一掂信件就能測出大致的重量。偶爾我必須填寫一個郵遞區號而不知道，她們也能立刻接碴，中山區是一〇四，松山區是一〇五，幾乎是善頌善禱的語氣。即使只是在叫號紙上草草寫下自己的英文名姓，郵務員登錄完畢，也要鄭重地將那紙張放進碎紙機碎一碎，為了保護隱私的緣故。郵局是受理太多祕密的地方。然而，無論經手的是喜帖或訃聞，是熱鬧或清冷，她們都是一樣的平常心，指尖輕輕滑過那些事不干己的，他人的婚喪。坐在郵局櫃台前的等候椅，望著他人遞交諸般郵件，我總是莫名想起「人生如寄」這成語。

辦公室裡年輕的編輯妹妹，有一天，拿著直式信封向我問道：「請問郵票是貼在左上方嗎？」我答，是啊沒錯。她低聲解釋著，因為自己從前一直缺少寄信的機會云云，臉頰帶著微紅的赧色。其實並沒有什麼可羞恥的，我完全理解，然而理解之餘，卻也隱隱對於郵務的沒落感到憂傷。實在是一種自作多情的憂傷。換個角度，我自己何嘗不是引發他人憂傷的一代，例如慣用「順頌時祺」之類詞語的老派人物，大約要覺得我在信件裡的結尾問候很不像話了。我喜歡各式各樣的祝福，「心存流螢」，

「梅雨毋擾」，「長假如年」，根據當下的季節與天氣，收信人的身分與需求而撰。這樣的作風是否太過違背傳統了呢。

儘管如此，因為厭煩寫字（就是字面上的意思）的緣故，我已經許久不曾提筆寫信寫賀卡寫明信片了。頻繁去郵局寄信，寄的也總是基於學業或工作的印刷品，幾無私人性質的魚雁。在郵局全面自現代社會撤退以前，如此親密於郵局的生活理應還會持續好一陣子。

郵局於我是極其可愛的場所，也許因為這裡總是洋溢著關於旅行的想像。在想要離開而無法離開的日子裡，就只能上郵局把一部分的自己寄出去，寄到彼端的一隻隻信箱。我始終記得，大學時代，無名小站的風行已到末尾，我固定去拜訪某個低調的部落格。作者似乎是與我同校的一位研究生，寫詩與散文。後來無名小站作廢了，也不知道她搬去哪裡，是否依舊持續寫作著。在她的詩裡，有這樣一句：「生命是鋸了花邊的郵票。」那時我常常想，這應當是一段論及漂泊的譬喻，其中不無哀矜的成分。

移動，輕快，伶仃。一張郵票能夠抵達的遠方，也許畢竟不夠新奇，並且總是被規定好了的，然而在它那匆匆的行程裡，想必也有過短暫的浪遊。

文具控

我的身邊有許多文具控友人，他們的手邊有許多文具。某個朋友長年蒐集著自動鉛筆，熟習各種出芯機關的演進史：旋轉式、按壓式、側滑式、搖動式，如同一個愛貓或愛狗之人，隨口就能娓娓道來諸般貓狗品種及其特徵。那種瞭解，富於迷戀與驕矜，我總是不禁豎起了諦聽掌故的耳朵。當然，喜歡文具，到底比喜歡活生生的貓狗更要輕鬆多了。

「文具也有文具的生命！」文具控友人們向我嚴肅地抗議著。一枝自動鉛筆的陳舊、故障，在文具控的字典裡，全然可以稱為壽終正寢。並非文具控的我為此微微笑了。

幾乎沒有例外地，文具控們都有一雙巧手，宜於書寫，宜於繪畫，宜於剪貼，宜於設計，運用既有的物資創造出未有的景色。文具控們著迷的與其說是文具，不如說是一種親力親為的人工的美麗。二戰結束後，大橋鎮子與花森安治創辦了雜誌《生活手帖》，大橋擔任社長，花森擔任主編，參與著撰稿插畫攝影裝幀等等細節，秉持他那嚴苛到近乎恐怖的完美主義。多年後大橋鎮子在文章中回憶：「花森先生的桌上隨時會準備不同用途的直尺、三角板、配色表，以及數不清的文具用品。」我常常想，花森安治必然也是一位偏執的文具控。一代又一代，文具控們試圖透過文具展示自己的思想，精緻的，孤獨的，宛如一尊舍利盆栽，可以立在窗沿、陽台、庭園的几案，無有稱賞，就靜靜在那裡曬太陽——那終究不比他人的目光溫暖。

因為厭倦動手寫字的緣故，離開中學（以及我連任多年的學藝股長職位）後，很長一段時期，我僅有稀少的紙筆文具，但凡能以數位裝置完成的書寫就一律以數位裝置完成。儘管如此，我還是非常喜歡上文具店遊逛，跟著文具控友人們，參觀展覽一般，每每驚訝於那些介於工具與玩具之間的小東西：桌面清潔小車、無針釘書機、花紋紙膠帶、附有蝴蝶結的橡皮筋。有些文具幾乎不是因應需求而問世的，而是因為問世在先，也就培養出了一種需求。譬如說，長尾夾是長尾夾，玫瑰金的長尾夾是玫瑰金的長尾夾，白馬非馬，不容混淆，這樣的詭辯，在文具店裡卻是鐵錚錚的真理了。

在文具盛產的時代，文具新奇、多變、獨一無二，文具與文具控之間的關係也是高度專屬的。喜歡文具的人們，在文具上體驗到的，也許正是一種彼此喜歡的感覺，因為自己的苦惱被妥善地照顧了。有一種奶油色修正帶，對於使用淺黃紙頁的筆記本的文具控而言，想必再適配也沒有。奶油色的修正帶，迤邐著，沿途遮飾了錯誤的文字與數字，終於融化在淺黃色的紙張裡。普及的垂手可得的白色修正帶在此就難免顯得刺目了。剛剛好的功能，剛剛好的安排，為文具控們提供了心心相印的快樂，因而他們不斷重複且大量地採購。這種隱蔽的熱情，嬰兒的痱子一般，祕密包裹在襁褓之中，又紅又燙又癢，在揭露以前無人知曉。

不約而同，幾個文具控友人都向我推薦過小川糸的小說《山茶花文具店》。住在鎌倉山麓，一位名為波波的女子，繼承了古老的文具家業，以及去世外祖母的信件代筆工作。因應委託人的身分與目的，波波總是仔細挑揀適合呈現信件的文具，不提筆墨品項繁多，信紙就有棉漿信紙、奶油簾紋紙、滿壽屋的稿紙……某次撰寫一封絕交信件，波波選擇了撕不破亦燒不爛的，堅韌的羊皮紙（羊皮紙除了用綿羊皮山羊皮做成，也可能用鹿皮豬皮小牛皮），以此彰顯委託人斷卻友誼的意志。在波波製作的信件裡，不只文字在表達著，文具本身也在表達著，以各自的顏色、材質、紋路或尺寸，發送出語言之外的語言。理解文具的知音，莫過於此。也難怪文具控們如此投入這故事了。

如同波波，文具控們自有他們清晰的行事邏輯。某次我翻閱到一本名為《文具整理術》的書籍，以文具控為目標讀者，書中羅列著分類與收納、保留與淘汰文具的諸般步驟：「整理文具的最終目標是『被心愛的文具包圍』，以及『讓文具處於方便使用、方便尋找的狀態』。」我暗暗想著，這書也許是個文具控的誠心誠意的經驗總結，其他文具控可不見得買帳，因為大家都是一樣地井然有序。文具控的精神世界，簡直全是無限堆垛的抽屜，上上下下左左右右，某某物放在這一格，某某物放在那一格，橫座標對應縱座標，需要什麼立刻就手到擒來。藏盡百寶，每行每列的抽屜都關嚴了。然而那裁切四個象限的，互相垂直的 x 軸與 y 軸，就是文具控們日復一日背負著的十字架。

文具控，文具控，不知是文具控控制著文具還是文具控制著文具控。這問題真像是一句繞口令。關於主動式與被動式，關於主詞與它其實不是受詞的受詞。喜歡文具的人們大抵都能明白：許多時刻，主動與被動根本是互為表裡的同一回事。

成為兒童週刊編輯以後，我又開始使用文具，進行手寫手繪的工作了。每兩週一次，我負責編纂週刊的專題內容，為兒童介紹合於節令或時事的自然科學知識：人工增雨、表情符號、金魚、瓢蟲、老梅綠石槽、營養與熱量……每次收到專家的稿件，我必須將累牘的文字轉化為簡明的圖解，在筆記本裡畫下四塊版面的圖文配置，再請插畫家以電繪呈現。其他版面都有固定的格套，唯獨專題的四塊版面每期都要重新規劃，這真是艱難而充滿趣味的。設計版面之際，我總是先以自動鉛筆畫一次，再用藍色原子筆描一次，等到墨水風乾了，拿橡皮擦擦掉鉛筆線條，方算是完成這期的 **layout** 手稿。

那橡皮擦在藍色的手稿上拂拭著，製造出絲絲縷縷的藍色橡皮擦屑。

沙龍碎記

最初大約是為了預約的緣故，我們開始在 Instagram 上互稱姐姐與妹妹。我傳訊息過去：「姐姐，這星期五下午三點可以做指甲嗎？」那邊已讀，回覆：「妹妹，三點我有客人，你六點方便吧？」方便方便，總是方便的，因為我是一個無所事事的人。剛剛從學校畢業，既不想上班，寫作也是有一搭沒一搭。

美甲沙龍小小的，開在台北最普通的步登公寓三樓，也沒有招牌，客人都是祕密地來，祕密地走。我總在寄出一篇文章後的空檔來到這裡，重新設計十指的指甲，每三個星期一次。

美甲沙龍裡的姐姐，紮起鬆鬈的半短髮，穿著宜於伸展的寬袍大袖的睡衣，幫客人搽指甲油時兩眼睇下，睫毛長長地掃在臉頰上，眼瞼的弧度是兩道清淺的微笑。那樣端凝的專注，任誰看了都不忍打擾。然而姐姐卻是十分健談的。「最近寫作怎麼樣？」姐姐一邊確認指甲油的均勻，一邊詢問。「也沒怎樣。不知道以後要做什麼。」「不知道做什麼，來幫我開店好了——開玩笑的啦。」我散漫地附和，就當只是玩笑話，然而擁有一份安居樂業的生活，該是何等貴重的事情。

有段時間我因為打字而得了肌腱炎，去復健診所復健，也遇到姐姐幾次。她的右手因為美甲工作也痠痛不止。我們就在接受電療與蠟療之際，延續在沙龍裡未盡的對談。離開診所，姐姐開她的費加洛汽車載我，去花市，去花店，因為沙龍的茶几上總要擺一束香水百合。一起出門的日子，姐姐總是雜誌模特兒一般，穿一件黑灰毛衣搭金屬光百褶迷你裙，穿一件橙黃麻料長洋裝搭皮革腰封，穿一件刺繡白襯衫搭丹寧拼接喇叭褲，然而腳下永遠是一雙平底球鞋，開車時這樣的鞋子好踩煞車。

在汽車上，偶然聊到「為什麼要開美甲沙龍呢」這樣的話題，姐姐笑道：「指甲是很浪漫的東西啊，你不覺得嗎。指甲保護人體，人也保護指甲。我保護了你，也被你保護，這樣的關係很浪漫啊。」她熟練地操控著方向盤，娓娓說出自己的職業的道理。她善於美甲，也善於開車。她經常說有一天她要帶著全部的美甲家私，開車到處流浪去。

晚春的午後，我去沙龍，茶几上的花瓶裡立著新鮮的香水百合，每朵都開得張牙舞爪。空氣中遂浮泛著似有似無的芬芳。姐姐旋開了足浴椅的水龍頭接一杯水，又放進一錠搗碎了的阿斯匹靈，用來灌溉花瓶裡的百合，可以延遲花朵的萎謝。我在旁邊挑選這次要搽的指甲油色號，她拿剪刀修剪起了百合的花蕊，將雄蕊的花藥一枚一枚剪除，對我抱怨道：「這些花粉好沾黏，沾在手上衣服上都洗不掉！」我暗暗想著，這也許也是一種百合的 **mani-pedi**。

百合有百合的修繕，可是姐姐自己的指甲，從來沒有一次是完整的美色。有時是因為參加美甲比賽，每隻指甲必須修成不同形狀，方的，圓的，加上不同的顏色與圖案。有時是因為太過忙碌，自己幫自己做的彩繪來不及做齊，幾隻甲面空在那裡，懸宕許久，新的指甲生長出來，舊的造型又要卸掉重做了。

偶爾我到了沙龍，上一位客人的指甲還未完成，就坐在客廳的小沙發上等候著。姐姐總是和誰都很有得聊的模樣，不拘男女老少，不拘什麼話題。某次，一個妹妹正在上最後的指緣油，一邊慘慘地道：「他就說因為我還沒手術，所以不能在一起，可是等我可以手術又不知道還要多久。」姐姐問道：「大概還要多久？」「拿到第二個精神科醫生的診斷書可能還要一年吧。」姐姐眼皮並不抬一下，依舊是那樣兩彎清淺的微笑，只低低道：「他會這麼特別，是因為你很特別。你很特別，所以你喜歡的人才是特別的。」妹妹忽然就哭了起來。揩掉淚水的指甲上，閃著剛剛安裝上去的，亮麗的珠與鑽。

所有的姐姐都曾經是妹妹。以妹妹的身分活得太久太久，終於有一天，轉身就開出了百合孤挺的姿態。不是無依無靠，而是不依不靠，但是如果有誰需要，她也可以拍拍那肩膀，給予一場花氣襲人的摟抱。

姐姐收掉美甲沙龍之前，我最後一次去做指甲，付帳之際，她送我一組指甲油禮盒。指甲油的刷頭仿造歐式的鵝毛筆，整罐看起來就像筆桿插在墨水瓶裡一般，等待揮灑於指尖。「很適合你！要繼續寫文章噢！」姐姐提醒似的說道。那是我第一次感覺到，美甲和寫作，其實是同一件事情啊。搽上指甲油，我的指尖就成為五彩斑斕的能指，可以指出許許多多的所指。

現在只能在 Instagram 上看著她了。姐姐開著她的費加洛汽車，去到遙遠的城市與城市，過上她期待的快樂馳騁的生活。最新一則貼文，她在那裡寫著，上次汽車的烤漆給灌木叢的樹枝微微刮壞了，但是沒有關係，她拿她手邊的指甲油，從無限連續的漸層色號之中，找出一罐和車身顏色相同的，輕輕一刷，那細小的傷痕就幾乎看不見了。

美甲男女

光療指甲為什麼叫作光療呢？「光」是紫外光，「療」字翻譯自英文「curing」，代表凝膠指甲油照光後的固化，然而最初的譯者大約不諳這化學術語，將它誤認為醫療的意思，從此也就襲用下來了。現在光療指甲早已被正名為凝膠指甲，然而人們終究改不徹底，保留了這個帶有神祕寓意的名稱，巫魘一般。有些指甲破損的病患，透過光療，可以延長、強化指甲，避免牙齒的慣性咬嚙，這倒也是一種矯治。

比起普通的指甲油，光療使用的凝膠指甲油更為持久。每三個星期一次，我去美甲沙龍重做光療指甲，總是遇到各式各樣的女子男子，非女子非男子，人人攜帶著必須修剪的冗餘物事——指甲、肉刺、甘皮、胼胝——都是日積月累，老廢角質也似的自己。修剪既畢，便要開始打底上色。美甲師為我的指甲搽一層凝膠，指甲給紫光燈照一下，燈光導致一陣灼燙，如此往復數次，導致一陣又一陣的灼燙，真正是「焚燒十指連心痛」，然而浴火之際，也有一種繕甲厲兵的欣慰。新的指甲乾燥成形了。美甲，美髮，美睫，美妝，在這樣一個美業興盛的時代，美業一詞也彷彿一聲近在耳側的提醒：美即是業。美即是人們週而復始地撐持身體的體面，不讓自己太多，不讓自己太少。

作為一個日常大量勞動手指的打字之人，指尖洋溢一些色彩，實在是令人更為愉悅的，儘管指甲蓄得太長的時刻，打起字來並不方便。指尖微翹，指腹輕輕觸擊著字鍵，一點一點，幾乎就是喬張作致的模樣。我在某篇訪談裡讀到，柯佳嬿在準備《必娶女人》的拍攝時，融入劇中角色的輔助方式之一，即是將指甲留長。指甲一長，她生活裡的許多小動作也就跟著改變了，好比按手機的姿勢、往包包裡撈抓東西的速度。只因為那幾公釐的長度的差異，一個演員便能渾身是戲，即使不是演員，也都要產生表演的意志。

美甲男女。美甲男女張開拳縮的十指，安裝上無堅不摧的鬥豔的鎧甲，給別人看，給自己看。

美甲男女。我常常想起某個朋友的故事。在故事裡，朋友是個男朋友，為了女朋友，買回了整組的光療設備、瓶瓶罐罐的凝膠指甲油，學成之後，親自為她操作美甲事宜，作為一種私房的情趣。出於玩樂或頑皮，女朋友有時也幫男朋友進行光療手續，儘管他只願意借貸一邊的拇指，給搽上濃稠的色澤後，外出示人，也不以為恥。後來，女朋友成了前女友，男朋友也成了前男友，然而兩人曾經共同體驗過的顏色，在回憶裡永遠不斑駁。

每次做光療指甲，最為難的總是挑揀凝膠的色號。美甲師遞來參考的色票，那是幾十幾百枚模擬人類指甲的甲片，帶著繽紛的色彩。我攤平手指，比了又比，遲遲無法決定未來三個星期，指尖應當穿戴怎樣的色澤。美甲師詢問道：「選好了嗎？還是要再糾結一下？」我歪頭應道：「還要再糾結一下。」這是我唯一可以毫不猶豫斷言的事情。瀏覽著這些指甲形狀的色票，任誰都要不禁感悟，顏色與文字本來不是互相隸屬的關係。好比有些顏色，看見了卻說不出口；有些顏色的詞語，讀見了卻想像不出它確切的指涉：蘇芳色。撫子色。梅鼠色。蒸栗色。砥粉色。舛花色。這也許也是一種「五色令人目盲」。在五色之前，任誰都要變成 **illiterate** 一般。

到了歲末，我又做了最愛的純白的光療指甲，因為白色不會對服裝造成太過鮮明的干擾。某天我穿一件高領豹紋紗料襯衫，後領扣著三顆小小的珠扣，到報社上班。那天編輯之一帶來了五歲的孩子，擔任活動攝影的小模特兒，吸引各組同事的圍觀與逗弄，也毫不意外地誘發許多關於該叫姐姐或叫阿姨的爭辯。編輯之一對孩子道：「來，叫薇晨姐姐！」編輯之二聽了，攔阻道：「你都二十九歲了，怎麼能叫姐姐？該叫阿姨了！而且你今天還穿豹紋！」我微笑道：「我是豹姐姐。」編輯之三又道：「你是豹姑婆！你有爪子！」不知為何，聽聞豹姑婆這稱呼，我也覺得非常恰當，因為其中有一種銳利，凶猛，妍媸難辨，令人想起張愛玲〈第一爐香〉裡的梁太太，搽著散發杏仁露氣息的蔻丹，機敏而沒有心肝。在這個眼淚早已不宜稱作武器的時代，讓自己看起來壞一點，也許反而是好一點。

穿戴著新做的光療指甲，有時可以獲得經過的旁人的讚語：「好美好美。」這些指甲是美的嗎，比起美，我更想將它們形容為堅強無比。

彩虹遊行

年年參加遊行，以某種志同道合的身分與姿態加入隊伍，走過十月的最後一個星期六。走著走著，這遊行於我於是從喧譁綺麗的嘉年華會，真正成為一項例行事務了。在 Google 地圖上，彩虹般的遊行路線徐徐蔓延，途經公園花店學校醫院車站博物館，諸般日常地點，所到之處眾目睽睽。善意的目光，惡意的目光，不以為意的目光，共同望向這場關於雨過天晴的大秀。

十月的最後一個星期六，台北的街頭暫時成為露天伸展台。妖魔亂鬥，神佛盡出，肉身菩薩一尊一尊。觀音扮相的人物立在電動蓮花座裡，噴灑那白瓷淨瓶中的楊枝甘露，兀自進行著祛邪與除魅的手續。人人在性別光譜上踩過來踩過去，溫習著各自的性別（生理性別。性別氣質。性別認同。戀愛傾向。性傾向）的不同，不同可是都可以安然共存於這顆小小的星球。有誰執起手染彩虹旗，旗幟飄飄翻飛。有誰拿彩虹蠟筆在臉頰畫上一枚虹心。有誰圍著霓虹也似的絲巾。有誰替六隻手指搽滿不同顏色的指甲油：紅、橙、黃、綠、藍與紫。

這樣的續紛場合每每令我一再確認寫作的初衷。寫作？寫作是什麼？寫作不過是一項涉及描述的偏執，描述各式在語言系統中缺乏對應文字的物事。生活種種譬若一道彩虹，除了堂而皇之，有名有姓的紅橙黃綠藍紫，它們之間尚有無數幽微漸變的顏色，而寫作者的工作即是致力辨識這些細緻的層次，並且加以名狀。這樣的工作，幾乎就是馬奎斯在《百年孤寂》裡寫下的句子：「那個世界是如此嶄新，許多東西都還沒取名，提及時得用手去指。」儘管如此，許多時候，並不是因為世界過於新穎而必須伸手指認，而是每當寫作者指認一次，世界就又煥然一新了一次。

手指輕輕敲擊著鍵盤。時至今日，性別之為物早已並非單純的「男性」「女性」、「陰柔」「陽剛」、「異性戀」「同性戀」、「跨性別」「順性別」足以指涉了。如果生理性別、性別氣質、性別認同、戀愛傾向、性傾向都是一道光譜，光譜上的色彩不可限量，不可勝數，那麼也許我們每一個人就是一個性別。就只屬於自己的性別。一切二元對立的性別詞語，在持續被增補彼此之間的連續性之後，總有一天，終會過氣到成為字典上冷僻而懷舊的條目。百年過去，人們回頭檢查歷史，將要微微笑：噢，原來從前他們有過這樣天真的稱謂。

然而，除舊布新的寫作，到底只能是自己一人的事情，墨守書房與書桌的事情，也許它的效益永遠不比實際走上街頭的遊行。台北的路牌現在仍舊保留著昔日那種古典的四維八德，總是忠孝仁愛，總是信義和平，不合時宜的倫理詞彙，在未來的世紀理應代之以另外一套政治正確：不忠不孝不和不平，反倒是這些馬路上經年累月的遊行的奧義。遊行的人們聚集在一起，喊出口號的同時，恍然亦是在體驗自己深處的某種聲音。那歡呼時而莊重，時而詼諧，彩虹語氣裡暗暗藏著不為人知的黑白年歲。

黑白年歲裡充滿令人啞口的時刻。其實並非真正無言，而是言論太多太多，滿嘴牙膏泡沫一般，遂只能含糊著，咕噥說不清楚。傾吐團團淤積的泡沫，人們在遊行上坦露自己光潔的牙齒，幾乎等同於告白。也許不會有任何遊行像這場遊行一樣，人們善於以快樂來傳達憤怒，傳達恐懼，傳達悲傷，傳達一切在生活裡必須被喬裝成若無其事的情緒。因而這遊行裡的快樂實則非常複雜了，它是許多夜晚過於濃稠，富於痛楚，終於抽提出一張可以曝曬在光天化日之下的笑臉。

在印象中，遊行的日子似乎總是晴朗天氣，成人之美的蔚藍覆蓋於頭頂，幾乎是一種庇祐。走過名為忠孝，名為仁愛，名為信義，名為和平的道路，即使這遊行不過是一趟又一趟迴旋折返的路程，在這個時代裡，它也會拓展出屬於它自己的前進。前進的人們留下一個背影，陌生的他人可以跟上，可以不，無論如何不會影響那背影裡的決絕。年復一年，這樣的遊行沒有終點，只要還能踏出一小步，那就是人們想要抵達的地方。

那就是我們想要抵達的地方。

字的彈性

我喜歡打字而不喜歡寫字。因為執筆姿勢不正確的緣故，我寫字很慢而吃力，慢得跟不上心裡想要訴說的物事，曠日而廢時。

大學雙主修中文系，每到期末，不管什麼課，文學史或思想史，考的總是申論題。我伏在自己的桌案上，一筆一畫寫著字，一筆一畫，即使並不抬頭也能以眼角餘光感覺到其他同學的振筆疾書。鎮住試卷，他們從上面寫到下面，從正面寫到背面，背面寫盡了還要舉手請求續紙。我總是寫到下課前的最後一秒鐘，手指痠疼難忍，整間教室就剩下我與監考的助教。助教微微打了個呵欠。儘管如此，我的答案也還不如別人洋洋灑灑，分數自然也不漂亮——老長老長的試卷一抖摟，其中空白光潔的面積，顯然就是讀書不甚用功的證據。最終這雙主修沒修完我就放棄了，除了自己意志不堅，也是因為怕了這些申論題裡預設的書寫的競速。李白自詡「倚馬萬言」的典故人人耳熟能詳，這卻是我在中文系裡最大的夢魘。

後來學到「inkism」（墨水主義）這單字，專門用來諷刺寫作崇尚字數的作風，我立刻就想起趕寫申論題的荒謬無奈。在中文系，每年都有教授不約而同講述這樣一則老笑話：從前從前，教授的教授們懶於批閱學生連篇累牘的申論文章，遂搬來一架電扇，將試卷一撒，給風吹得越遠的分數越低，因為筆墨不夠豐富，方能如此飄飄然。然而，這類笑話的矛盾在於，教授的教授們，表面上儘管嫌惡墨水主義，骨子裡依舊是讚賞的。我不知道該不該笑了。

離開學校以後，我便很少提筆寫字的機會了。除了填寫各種制式單據外，偶爾需要提筆的時候，總是為了寄賀卡寄明信片等等。在這類傳情達意的物件上，人們大約還是認為手寫字是更富於人情味的。所謂「字如其人」。不說別人，我自己也經常瀏覽鍾愛的作家、明星的筆跡，即使不過是網路上的翻拍照片或店鋪裡大量複製的文化商品，隔著時間與空間的浩瀚，他們親自寫下的文字依舊如此熠熠。於我而言，這些手澤的光輝距離神聖十分遙遠，反倒更切近天邊神祇忽焉流露的人性，幾乎可以用來印證他們封藏在作品之中的，個人的偏執或譫妄。

在電影《雲端情人》裡，男主角西奧多的工作是私信代筆人——其實也並不是代「筆」，而是在電腦鍵盤上敲出字句，套用模仿手寫字的字型。這份工作，與其說是在經營文字，理應更是在經營發信人與收信人的關係，因為代筆人除了必須精通辭令，還要熟記這段關係裡的回憶、祕密、軼聞、痛楚，諸般經歷，方能撰成合於脈絡的心照與祝禱，以假亂真。或許在那極度數位化、人工智慧化的未來裡，單是「倩人捉刀」這件事情便已彰顯了一種在乎的情誼，即使終究露出破綻，也還是令人感恩戴德的。

我特別注意電影中「模仿手寫字的字型」這個設定。我想，如果缺乏這個細節，改為制式的電腦字型，那麼就算代筆人的私信寫得怎樣逼真，怎樣感人，整封信件企圖虛構的個人氣韻定然也將減卻大半。信箋、問候、手寫字，這三位一體的物質體現了獨一無二的個人的本真，即使到了《雲端情人》的世界裡，人們也還是喜歡這些東西；也或者，正是因為身處那樣的世界裡，人們才更喜歡這些東西。在太過方便的時代，方便也會顯得廉價，偶爾的不方便反而彌足珍貴了。儘管打字同樣是一種技術，善於打字往往無法媲美善於寫字，否則便是暗示機器比人類更優秀。

人們對於打字的惶恐是一種古典的惶恐。二十世紀初葉的皇家牌打字機廣告每每聚焦於可以調整鬆緊的按鍵，校準音頻一般，旨在賦予打字者一種人機之間的客製化的親密感：操作鍵盤如同彈奏樂器，一人有一種力道，一人有一種風格，打印而出的墨字自然也是富於人情味的。商家如此提倡人機互動關係的溫馨別致，正是為了安撫大眾對於機械取代人力，以及對於人性漸趨機械化的焦慮。透過聆聽雙手在打字機上製造的音樂，打字者感覺自己支配著機器，而不為機器支配，於是大眾的日常書寫工具從筆桿順利過渡到了鍵盤。打字機鍵盤。電腦鍵盤。智慧型手機鍵盤。打字的聽覺與觸覺在這些鍵盤的演進與嬗遞中一點一點消亡。有段時期我的手機鍵盤不知怎麼故障了，我便下載了某個第三方鍵盤軟體，並且驚訝於它竟然內建各種打字音效，觸控一個字鍵就發出一聲：煙火爆炸聲，落雨淅瀝聲，飛吻聲，鋼琴聲，古董打字機聲——這無疑與早期打字機的宣傳策略異曲同工，以客製化的聲響強調那岌岌可危的，文字的手工感。

作為肉身勞動的痕跡，美麗與不美麗的手寫字或許是越來越稀罕了。我可以理解這個事實引起的不安，卻並不為此感到不安。其實如果我能夠流利迅速地書寫，想必也會非常熱愛寫字的，但是因為我不能夠，遂只有轉而求助鍵盤與輸入法的恩慈了。打字時間，指尖在電腦鍵盤上一按一按，凹凸凹凸，凹凸凹凸凹凸，令人不禁追思人類生活從 digit（手指足趾）到 digital（數位的）之間，道阻且長的跋涉。凹凸凹凸，凹凸凹凸凹凸，鍵盤上的彈簧如此堅韌而靈敏。有誰採用了貓掌造型的鍵帽，粉紅肉球朝天，每按一次都是心心相印。有誰採用了痲將造型的鍵帽，北風南風西風東風，取代了上下左右。

某一天，我收到國家圖書館的來訊，邀請我提供平素累積的手稿作為館藏資料，任何類型的手稿都可以：創作的，日記的，信札的。然而，慣於打字的我畢竟沒有這些東西，有的僅是難登大雅之堂的潦草塗寫，於是只能婉謝再三了。未來有一天，如果我製作出了自己的手稿，一定收拾整齊郵寄過去，未來有一天……未來是最拿不定的事物。如同紀錄片裡一隻特寫的蜂鳥，以為牠懸滯於半空中，花朵旁，安安穩穩伸長了攝取蜜汁的口器，實則每分每秒皆在振翅，倏忽就飛向了可見的畫面之外。

字的速度

打字的時候我在想些什麼呢？也許也並不特別想些什麼，就只是任由指尖上上下下，敲擊每一個字元，感受那按鍵微微起伏的彈簧。寫作本是一項將語言伸縮復伸縮的工作。然而，時代更新得太過快速，快到一套古典的文字系統也難以與時俱進。

身為一個寫作的人，鑲嵌於字裡行間的引申與譬喻經常令我感到厭膩，關於媒介或表達的詞語尤其有這樣一種權且借用的性質。好比「強調」這個動詞，在紙本的時代裡，它每每脫離最初在口語傳播情境中「加強音調以表示重要」的原意，單單剩下表示重要了。像是「他在書中強調……」「她透過這封信對我強調……」這一類的句子，其實並不是全然沒有瑕疵的。也好比「書寫」這個動詞，在數位化的時代裡，它所涉及的工具（筆）與姿勢（執筆）經常不合時宜，淪為無效的意象，然而人們依然將寫作這件事情稱作「寫作」，並且安寧於這裡面的墨守成規，幾乎等同某種貞操了。我們運用字眼，我們運用字眼來傳達一些思想，可是往往思想是一回事，字眼又是另一回事。

又好比「打字」這個動詞，根據字典，那「打」原來並不是「敲下（字鍵）」而是「畫上印上（字跡）」的意思，如同打郵戳，打粉底，打烙印。在打字機盛行的昔日，機器產製的墨字真正是一枚一枚直接打印在白紙上的。那時的打字機鍵盤依照「QWERTY」的順序而羅列字母，將單字常用的字母儘量區隔開來，避免連動的槓桿彼此打架，發生故障。許許多多的手指嫻熟於「QWERTY」指法，於是今日的主流鍵盤無痛沿襲了這樣的按鍵配置。當人們從打字機鍵盤轉移到電腦鍵盤，乃至智慧型手機鍵盤，「打字」一詞也就這麼被攜帶到新穎的情境之中，自然而然，然而它的適用理應不能被適應——這些真是不能細究，若要細究那就一個字鍵也敲擊不下去了。

生活裡充滿了各式各樣古老的詞語，遠在人們誕生之前便已盤據於這個社會中，預備作為學習的材料。即使身為一個熟識中文的人，在大多數的場合，我也只能從既有且有限的詞彙中去選擇差可貼身、貼心的詞語。當我在選擇的時刻，其實並不是我在使用文字系統，而是文字系統在使用我，古老的文字系統透過我的使用，再一次地，鞏固了它積年累月並且牢不可破的邏輯——我深刻明白這一點。而這一點也是我為何相信寫作如此貴重的原因。所謂的寫作，永遠是為了補充世界上既有的文字系統，以便命名一些存在已久但卻缺乏適當名稱的事物、現象、景況、關係、感觸、情緒，因為缺乏適當的名稱，它們往往顯得從來不存在。

打字打字。即使在鍵盤上再怎樣彈指，鏽蝕澀滯的文字系統也許並不是輕易就能策動的。使用語言，藉此抵抗語言，在關於寫作的諸般矛盾之中，這大抵是最令人哀傷的一種。

專欄的算術

不知道這算不算一種職業病，我從來不曾向他人提過：每次讀到一篇喜歡的文章後，我便會近乎反射地，立刻推估它的字數大約多少。一千字？一千兩百字？一千五百字？兩千字？在網路上讀到的文章，可以貼到 Word 文件或 Google 翻譯的欄框裡統計精確的字數。在書報雜誌上讀到的文章，沒法一鍵複製，就只能動手數數整篇有幾行，每行有幾字，乘除一番，得到一個概略的答案。但凡計算的結果與最初推測的數字幾乎一致時，我總是感到莫名的快樂。這真是難以啟齒的無聊的遊戲。事實上，我在意這些文章的字數，在意的乃是作者如何在這樣的字數裡設計出如此令人喜歡的效果，好比營造一種氛圍、提供一段啟示或完成一套論證。

之所以會有這種職業病，大約和幾年下來的專欄寫作有關。二〇一六年我收到編輯的來信，邀請我在報紙副刊上開設一個散文專欄，兩週刊登一次。儘管在這專欄之前，我已有過在副刊發表的經驗，經營專欄畢竟還是第一次，為此我閱讀了許多作者、不同風格的專欄，有的連載中，有的結束了，有的已經集結成一本兩本三本書。各家專欄篇幅不一，這和媒體版面的空間有關（報紙專欄大多八百到一千兩百字，雜誌專欄較能容納兩千字長文），也和作者擅長的體裁有關（有的作者出手便是恢弘巨製，有的作者傾向精工細做的小品或隨筆）。一邊寫著自己的專欄，一邊讀著他人的專欄，判斷文章字數的直覺似乎是自然就能練就的敏銳。儘管如此，四千字大約就是體感的極限了，字數更多的文章，因為自己不常撰寫，所以也未必有概念。

最初編輯邀約的專欄篇幅是一千兩百字，漸漸有些文章我寫得較長，偶爾也給些一千五百字的稿子，再由編輯依據副刊主文的長短來定奪如何搭配。不知不覺，這個隔週專欄維持了四年。其中兩年我一面寫著研究所的畢業論文。回想起來，那真是我至今最專注地讀書寫作的時光，每天早上到咖啡店，點一杯抹茶拿鐵和一塊可頌或司康，接著寫作寫作寫作，寫到自己對於今日的進展滿意了為止，那通常是店家開始灑掃準備打烊的夜晚了。寫著專欄的日子，受制於副刊版面的容量，每用一字都要思考再三，精打細算，因而寫作於我幾乎是一種運算的技術。偶爾妙算，大多失算。遇上

「因何鎮日紛紛亂，只為陰陽數不通」的時候，那便只能讓鍵盤上的手指停一停。讀者只讀見最後的文章，而並不會知道寫作過程裡排列組合的機心。明白了這一點，我也就明白我所喜歡的那些字字珠璣的專欄，必然都是算了又算的結果。每個出現於文章裡的字，都代表其他千千萬萬字的缺席，大珠小珠兀自墜落於虛空。

對我而言，每篇文章都有它最適合的篇幅。一篇文章如果寫成一千兩百字，那必然是因為一千兩百字是它最漂亮的模樣，而並不能夠延伸至一千五百字。我也不願意為了多賺點稿費而將它延伸至一千五百字。換言之，理想的文章應當是增一字也不能減一字也不能的。當然，這並非批評一切文章的唯一標準，不過是我個人的偏執而已。是我自己相信不管什麼事情，最難也最難得的就是剛剛好。

作為一個專欄作者，寫作之際，和遵守字數限制同等重要的，便是如何在這範圍裡達成企圖呈現的效果，給予讀者他想給予的氛圍、啟示或論證。為了滿足這樣的條件，即使專欄寫作並不是作詩填詞，作者也可能養成他習以為常的格律。定期定量的專欄最容易產出富於專欄氣的文章，單篇文章也許看不出來，諸篇文章並列觀之，也就顯而易見了——作者在週而復始的專欄寫作中，漸漸採取某種熟極而流的寫作公式，導致文章出現重複且陳舊的起承轉合的套路。這種專欄氣暗示的乃是作者的懈怠。至少是自我覺察方面的懈怠。因此，一個專欄的精彩之處，就在於作者如何穩定拿捏文字，達到效果，而又能供應讀者新穎殊奇的感受。

一切的寫作如同串珠，在線性的敘事裡張羅珠圓玉潤的一字一字。串連的形式固然可觀，珠子本身的質地與色澤也是鑑賞重點。玻璃珠。桃木珠。青銅珠。作者布置每個文字的法則，既是天賦和靈感，更是日復一日的練習與判斷，久而久之，累積成一派持續而鮮明的印象，這就是作者個人的風格了。而風格是一種缺陷。極端的風格是一種極端的缺陷。它是豔麗的於是不是素樸的，它是纏繞的於是不是耿直的，它是一種可能性的呈現同時也是不可計量的可能性的喪失，它永遠無法十全十美。在這份關於字與字數的工作中，每個作者串珠一般寫著，寫著，寫到了最後，他只能成就他的風格，他只能成為他自己，而不能是其他任何一個誰。所謂的寫作，也許即是這樣一個見證的過程：見證自己一字一字連綴出來的，並非完美無缺的自我。儘管如此，一個作者也只能將這份缺陷擺在這裡，擺在一篇文章裡，讀者看到的既是他的不足，也都是他的全部。

這幾年來，我除了報紙副刊的專欄，也在文學雜誌和網路媒體發表過一些作品，漸漸嘗試經營不同篇幅的專欄，然而最懷念的始終是那段固定繳交報紙專欄文章的生活。也許因為那時我有似乎怎麼花也花不盡的寫作時間。第一次報稅時，我非常驚訝，因為那年度綜合所得稅的電子結算表格裡，竟然分門別類地列出了我的「著作人、稿費、版稅、鐘點費等」收入：在甲報紙共領多少錢，在乙報紙共領多少錢，在丙雜誌共領多少錢。檢視著這張稿費清單上的數目，我幾乎泫然欲泣，只因為裡面集結了每一個我心心念念的，珠玉一般矜貴的字。

散步時的經過

即使住在學校附近，我從來不曾聽到學校的鐘聲。那些鐘聲總是悄悄響過了，響過以後，小學生就紛紛走在放學回家的路上，成群結隊的，戴著他們沒有皺褶的黃帽子。

到了下午的放學時間，許許多多攤販聚集在學校側門外的公園。販賣雞蛋糕的小攤車最是生意興隆，男孩女孩並肩圍繞著，引頸期盼一袋方出爐的點心。我常常在陰雲的午後出門散步，感受這種歡鬧啁啾的，洋溢雞蛋糕香氣的氛圍，彷彿可以將它整袋熱熱托在掌心，拿小竹籤叉著嘗一塊。小學生的生活究竟是怎樣的生活呢。他們有時背誦著小卡片上的英文單字，也許隔天就有一場聽寫考試，必須在測驗紙上拼湊出正確的音韻。他們有時在公園裡玩起了即興創造的遊戲，一邊吃著雞蛋糕，一邊登上隆起的小草坡，採摘滿地晚春的雛菊。

散步於我是維持身心平衡的方式，尤其在必須等待某些事情的日子裡，健康是重要的，平安是重要的，如果不健康不平安就無法見證想要見證的結局。在散步的午後，經過放學的小學生，感覺就像與無數小動物面對面一般，他們的快樂與悲傷儘管是陌生的，卻是毛茸茸的，令人對於生命生出蓬鬆的好奇。

深夜睡不著時，我也經常下樓散步，沿著學校的圍牆晃蕩著，一圈一圈。春日末期的晚風總是黏膩，溼涼，冷卻的奶油糊一般。我戴著耳機聆聽一些以前的歌，以前的事情也就一件件播放了出來，從童年到少年到成年。往往人在童稚的時代，聽著一些成熟的歌，便也恍然覺得自己跟著成熟了起來，儘管成熟是在許久以後才會終於到來的零嘴，刁在唇邊不值一提。成熟不過一袋雞蛋糕的微燙，永遠是初初烘烤好的，差別在於有人花三十元買到，有人花五十元買到，各有各的代價。

學校後門開著一座高爾夫球練習場。散步經過這座練習場時，我也就順便進去逛逛。這裡的管理員也不攔人。整座高爾夫球練習場很是陳舊了，陳舊得近於一座荒廢的工廠，鐵製的筋骨鏽蝕斑駁，水泥地面印著流浪犬的足跡。軟木布告欄上僅只貼著一紙紅榜，「恭賀駐場教練梁某某榮獲長春職業松柏嶺挑戰賽季軍」，都是筆飽墨酣的楷書字，然而在這寂寥的場所非常缺乏慶祝的意思了。

許許多多不眠之人，兌換了一籃一籃的高爾夫球，在此無聲練習著擊球的技術。他們扭腰轉身揮桿，踮起了右腳，露出鞋底凹凸曲折的花紋。一個短髮女子持著鋼製的球桿，觸一觸發球座上的小球，彷彿就要揮桿了，球桿落地，又仍舊輕輕碰一碰那球，謹慎校準著站立的距離。她整個人是一枚瘦金字。終於她將球桿擎得高高的，迅速一擊，乍看勁道十足，然而擊出的瞬間卻是極清脆極清脆的，鏗然一聲，而小球已經飛到前方無盡頭的草坪裡了。草坪裡布滿密密麻麻的小白高爾夫球，宛若遍野的雛菊。一輛撿球車在遠方緩慢開動著，每經過一處就拾起一處的雛菊，遺留單純的綠意。

短髮女子暫時休息了，抹抹頸子上的汗水，與她的同伴談起關於中古球桿的交換。同伴在座椅旁的迷你仿真果嶺上推著球桿，有一搭沒一搭應和著，也不知道是否聽清楚了。小球徐徐滾進洞裡。

睡不著的夜晚，我在這裡靜靜看那些人打高爾夫球，看到練習場也要打烊了。月亮在天空裡，自願當一個忠誠的球僮，跟著我，前前後後。

妹酒庫存

有些東西以前我的生活裡沒有，現在終於有了，其中之一就是純粹為了喝，而不是為了料理而買的酒。

輕颱即將來襲的夜晚，我去逛便利商店，想要補充一點存糧，逛來逛去，最後抱回了幾包泡麵，幾包零嘴，以及各種口味的氣泡酒：水蜜桃、養樂多、可爾必思、白葡萄、紫葡萄、柑橘與檸檬。感覺就如同夏日到海邊度假時，特地出門買回民宿冷藏的酒水。七彩繽紛的瓶瓶罐罐在冰箱的透明夾層上倒映出一道朦朧的虹。拍照上傳 Instagram 限時動態，收到朋友回應：「這是什麼妹酒收藏庫！」我不禁悄悄地笑了。

長到很大才開始練習喝一點酒，喝的還是酒精濃度極低的罐裝氣泡酒，說給朋友聽，向來都不被承認是喝酒，然而於我到底是一種進步了。本來視為禁忌的東西，在度過某個歲數以後，已然成為無傷大雅的餘興。在想要墮落而並不能夠真正墮落的日子，就只能靠著醺醺然的氛圍帶來精神的鬆泛，假裝自己墮落過了，遂可以回歸日常的正軌了。

妹酒是什麼呢，妹酒就是明明是酒，喝起來卻不覺得是酒，也不覺得自己在醉，這樣一種靉靆夢幻的飲料。微微甜美，微微酸澀，氣泡一嘟嚕一嘟嚕。扳開鋁製拉環，輕啜幾口，我感覺身體裡漸漸充滿了膨脹至極的氣球，爆炸爆炸，爆炸爆炸爆炸，爆炸，一切全都破裂以後，只有氣球裡的亮片與碎花在空氣裡緩緩飄散。醉意尚未開展。也或許是我有意抵抗醉意的開展。

妹酒庫存，收納於需要灌溉自己的日復一日。在電影《海街日記》裡，香田家四姐妹採摘庭園裡成熟的梅子，拿竹籤在梅肉刺下名字的平假名（為了協助基酒的滲透），親手釀成了梅酒。片末，妹妹鈴為大姐幸調配梅酒之際，朗聲問道：「姐姐，你要甜一點？酸一點？」幸應道：「酸一點。」鈴又問道：「濃一點？淡一點？」幸又應道：「濃一點。」不知為何，我總覺得幸的答覆其實暗示了她品嘗著的人生滋味。作為某某醫師的情婦，在為難的不倫關係裡，她對於外遇的父親產生了更多同情與理解。是枝裕和的慈悲就是這樣富於殘忍的氣息。

不喝罐裝氣泡酒時，偶爾我也買來梅酒和氣泡水，增增減減，調製一杯氣泡梅酒，杯子裡添一顆金屬冰塊。不同於其他誘發乙女心的妹酒，梅酒是令人不禁思考起一些什麼的酒類。我常常在梅酒入喉的剎那想著，究竟我是因為長大了才喝酒，還是因為喝了酒而有長大的錯覺呢。長大的過程，也許也就是一趟贖罪的旅程。是安然接納自己是犯過錯的自己，並且領受伴隨這些錯誤而來的責罰，直到樁樁件件逐一償清的那日到來。

知道我也喝一點酒了，朋友們開始約我去小酒吧坐坐。在這光害太過嚴重的城市裡，所謂的星星，只能是小酒吧玻璃杯之間偶然反射的晶光。輕浮一點，再輕浮一點，深夜小酒吧的電燈綻出昏黃顏色，籠罩迷茫的眾生。有誰說說笑笑鬧鬧。有誰進行塔羅牌占卜。有誰相擁並且接吻。牆壁上鑿出一方小小的神龕，裡面雕梁畫棟，供奉一張西洋金髮女郎的全身照，乍看是瑪麗蓮．夢露然而不是。而葉形臥香盤上的香灰已經冷了。

朋友點一杯野格炸彈。我點一杯粉紅多多，每隔十分鐘略略沾一口那調酒，舌尖傳來也許是蘭姆酒也許是葡萄柚的苦。朋友又點一杯老時髦，然後紅頭漲臉地醉了。我不感覺暈，但是感覺四周開出團團的花朵，這裡一朵金牡丹，那裡一朵金牡丹，每朵都開得快極快極，以某種趨向凋零的速度。在這樣將醉未醉的，迷你的墮落時間，我總是想起一些過於貼身的事情，貼近到幾乎是印在身上，平常找尋不到，但是感受得到，如同被誰從背後緊緊圈抱過後，左邊的肩胛骨從此就記得那份撞擊的心跳。

窗戶外在下大雨，下得淋漓盡致，不知將要下到哪個世紀，什麼朝代。騎樓掛著一襲透明輕便雨衣，在夜晚的颱風裡激烈掣動，恍如一縷無重量的靈魂，許多路人匆匆經過它，遠離它，也沒有誰去認領它，簡直整個世界都是行屍走肉一般。只因為喝了一點妹酒，就在微醉裡誤會自己比誰都更活，這樣的念頭，也真是幼稚得不行，不行到令人雙頰粉紅的程度。

我們是生來愛的。我們是生來被愛的。

這樣爛漫得可恥的念頭，在杯子裡嗶嗶啵啵冒泡。

花束的去處

我喜歡花束，可是平常從不買花，也從不送花。因為不甚擅長處理花材的緣故，買花於我不過是徒增困擾，推己及人，想到對方也許也一樣對於保存鮮花感到苦惱，也就都不送花了。

如同選購一切的禮物，送花的細節遠比我知道的更為複雜。送花給容易過敏的人，香味太濃的茉莉或梔子花，花粉太多的洋甘菊、向日葵或滿天星，都是必須避免的種類。花粉引起的噴嚏眼淚紅腫癢痛可不是開玩笑的。送花給養貓的人，則必須留意那些可能損及貓體的花卉，百合、水仙、鬱金香、牡丹、天堂鳥、聖誕紅，無一沒有昭彰的惡名，導致了貓的嘔吐腹瀉乃至昏迷休克。有些朋友成為貓飼主以後，家屋裡就不再擺設任何植物了——不曉得哪天貓會對那植物產生興趣，蹬上桌案，好奇地嘗一口。一口就可以中毒。

送花給重視花語的人，採買之前還得先調查一下花朵可有什麼陰沉的暗示。金盞花、荼蘼、芍藥、大麗菊都有一些負面意涵。當然，有時也未必是花語本身的問題，但是當它安插在收花對象的生命情境裡，似乎就要引發不愉快的聯想。早期《名偵探柯南》裡有一回「紅色殺機夢幻曲」，動畫結尾，柯南送給小蘭一束桃花，帶著木枝，包在紙裡，當時熱衷花語的小蘭想了想桃花的寓意，「天下無敵」，發覺這花束顯然是在揶揄她的空手道太過勇猛，於是不禁惱怒了。灼灼其華的惱怒。

因此，如果有一個人，又有過敏體質又養貓又講究花語，經過層層剔抉之後，能夠收受的花種也就非常稀少了。通常而言，玫瑰與洋桔梗是送花的安全選項，綺麗，雍容，芬芳微微，花瓣重重疊疊，阻撓了花粉的飄散。對人對貓大抵沒有危害。也難怪玫瑰是每間花店四季必備的花材。然而送黃玫瑰前倒又必須慎思了，黃玫瑰的花語是「嫉妒」「不貞」「失戀」。

即使不太買花或送花，我卻常常收到花束。現在大家依舊保留著老派的送花禮儀，實在是非常親切熱鬧的，可是如果是為了親切熱鬧而送，那反而顯得生疏了。出版第一本書的冬天，朋友們約我見面，帶了書要給我簽名。約在一間義大利餐廳，朋友之一來了，捧了兩束鮮花，送我一束，也送朋友之二一束，都給包紮得矮矮密密，紅玫瑰在外圍簇擁著白繡球。已經這麼熟了，還要大費周章地送花，實在是讓人想要叨念幾句的。在方方的四人桌上，那兩束花就占據了一個座位。餐後我們走在下著烏黑冷雨的回家的路上，送花的朋友問道：「你高興嗎？你高興嗎？」朋友之二笑著鬧她：「還好。」我也笑道：「還好。」其實還好也就是歡欣的意思，只是我們都習慣這樣的口是心非，否則這些花束就真正成為客套了。

花束有花束的去處，去到這裡，那裡，在某某的身邊等待蔫息。懷抱著花，人們走在世界上，如果震災倏忽發生，滿地蜿蜒的裂痕從四面八方匍匐進逼而來，逃也逃不了，躲也躲不開，只有眼前瓊樓玉宇一棟一棟崩塌壞毀，這樣的一天，我想我還是會慶幸自己有花的護持。隨時有花，隨時也就有慰藉。

三島由紀夫對於美輪明宏的情愫，已經不是新鮮故事了，可是每次看到相關的記述，我還是要不厭其煩再讀一次。兩人年少時在銀座的喫茶店認識，在店裡兼職唱歌的美輪微微傲嬌，謝絕了三島請喝飲料的提議。三島感嘆道：「你這孩子真不可愛啊。」美輪回道：「我這麼漂亮，不可愛也沒關係。」兩人就這樣開始維持著朦朧的情誼。十數年以後，三島由紀夫在切腹自殺之前，特地抱了一大束紅玫瑰（據說目測幾乎有三百朵）去劇場後台探望美輪明宏，其後便依照計畫闖進自衛隊基地，演講，揮刀，兩人再也不曾見面。在那個十一月裡，那束玫瑰的丹紅，也許已經是三島由紀夫的滿腔熱血，預先流淌在美輪明宏的手中，即使當時他全然不懂這花束的意義即是告別。我常常想起這段軼聞，想像著三島挑選那束玫瑰時的表情。生而為人，有時我們真正能夠選擇的，也不過是在最後的最後，終於必須轉身離開那一天，自己要留下怎樣姿態的背影。

輯二：祕密

壓歲

新年將至，我與朋友聊到關於紅包的禮儀。朋友表示她逛街時買了一款紅包袋，並且傳來照片給我看。那紅包上有著燙金的「女兒的血汗錢」字樣。朋友也替她哥哥挑了類似的紅包，上面印的是「兒子存很久」。我們在訊息框裡笑得不得了。朋友感嘆，從領紅包到給紅包，是很劇烈的身分轉變，如同成長的證據。我想到自己，二十六歲，還在念著遲遲無法畢業的研究所，對照已在工作的同齡人士，很有馬齒徒增的感覺了。我常常希望自己不要活得太久，母親聽了，總是打斷我的願望，笑道：「說什麼呢。供你吃穿讀書，報答都還沒報答，就要死了？不准。」或許這種話題畢竟是太過尖銳了。

從幾年前開始，過年回外公家，我也擔心舅舅阿姨們暗自疑惑應否繼續給我紅包，因為族裡其他孩子都已陸續工作了。對於念書，我並不尷尬，然而對於造成大人們的尷尬，我卻覺得很是抱歉。就在我構思應當怎樣婉拒不合時宜的紅包時，大人們發展出一套嶄新的作法了，紅包給還是給的，每個孩子都有分，只是裡面改放樂透彩或刮刮樂，成本很低，可是誰都享有大富大貴的機率，不能不說是勝券在握。這真是富於創意的溫柔。

過年難免博弈餘興，在客廳，在逝世多年的外婆的肖像照下，外公與他的子女圍坐一圈打起了衛生麻將。三個女兒輕巧堆砌著四方城的牆，大家都笑這景象宛然是幅三娘教子。我只想起日文漢字裡，「娘」是女兒的意思。三娘偶爾也給父親餵牌，一個反哺的時刻。生下一團子女，扶養他們，也被扶養，過年就是驗證這種循環的節慶。我不諳麻將，從來不上牌桌，只是旁觀他們切磋，雀戰至緊急處，莽撞的人忽焉踟躕，斯文的人忽焉罵詈，趣味十足。打牌打牌，客廳的牌局年復一年開張，其間有誰生了，有誰死了，有誰婚了，有誰離了，只有紅中依舊紅，白板依舊白。人生不外乎紅白事宜。

大學時代，有幾個同學在校外的超商樓上租屋，四壁漆成知更鳥的藍色，於是眾人暱稱那裡為「知更藍」了。女孩合宿的知更藍很快成為系上同學課餘的俱樂部，屋裡永遠設置著麻將，牌聲琤琮，間或穿插超商清脆的叮咚，以及一些胡，一些碰。美人與男人，洗牌洗了又洗，把白晝與黑夜洗得一乾二淨，晾在窗外。某次牌搭子湊不整齊，我接到電話去充了數，大家決定當場教我怎樣打牌。我在小木茶几上諦聽左右指示，出張出得渾渾噩噩，漸次領略箇中規矩了，勝負也就揭曉了，並無什麼初學者的幸運。知更藍裡養著一隻短毛黑貓，睜著金澄澄的眼睛旁觀眾人乾泳。那時我常常想著，原來麻將是可以不限於新年，引人樂此不疲到瘋狂的地步。日復一日的牌局，與一年一度的牌局，說起來到底沒有不同，人們追求的始終是那句賀詞，**Many happy returns of the day**。

二〇〇一年，在毛舜筠的訪談節目上，張國榮與她聊起昔日一度在春節連搓麻將七天七夜，懷念得不得了。且他們倆牌章詭譎，戲癮上身就要對演對唱，導致其他牌友的心神都撩亂了，林青霞打兩圈便推頭暈要走，劉嘉玲打四圈已氣喘吁吁。我想，那是真正的「明星三缺一」，然而快樂也還是最庸俗的快樂。

從前我總是疑惑紅包為何要稱作壓歲錢。歲能怎麼壓呢？歲為何得壓呢？我一直以為那是代表大人們不願兒童成長，希望快樂永遠停留在此時此刻，於是必須壓花也似把一整個年歲都壓得扁扁的，封藏起來。後來知道完全不是這樣的意思，也並沒有一點幻滅。到底歲是壓不住的。長到不宜再領取紅包的年齡，二十六歲，我已活過四分之一世紀，誰說不能算是長壽呢。

雪乖

我和母親去逛街，經過一間寵物用品店，她便決定替家裡的小馬爾濟斯犬添購一輛嬰兒車。那車十分精巧，車廂是粉紅布面灑小白圓點，車篷拼接黑色紗網，向前向後敞開皆可。小狗繫安全帶端坐其中，沿路風景一覽無遺。我母親喚道：「雪乖！媽媽帶你出去散步！」牠就迫不及待鑽進車廂底下的置物籃，伶俐搖起尾巴。母親總要俯身再將牠抱入車廂。

每個星期六是雪乖至美容院沐浴的日子。雪乖平時深居簡出，養得一身綢緞也似的白毛，牠最劇烈的運動即是在屋裡模仿兔子跳，追逐布偶或皮球。只有在沐浴當天的早晨，母親會帶牠出門上公園蹓躂一圈。雪乖總是走沒幾步，就站起來扒著母親的小腿撒嬌，意思是要抱抱了。有了這嬰兒車後，平日兜風不限時段，我也常常推著雪乖出遊。夏末的公園，樹影滿地橫斜，枝梢的花朵零亂如雨，一朵一朵飄進雪乖的車廂。雪乖下地行走，抖落了背上的花瓣。

雪乖有孩童一般的直性子。路見一隻歡喜的松鼠博美，牠就汪汪叫得不得了，叫聲裡融合示好與示威。對方倘若禮讓，牠更是上頭上臉逼近磨蹭了。一隻哈士奇走過來，望之儼然，雪乖遂安靜不敢造次。我母親總是笑牠：「真是惡人無膽！」雪乖對於幼兒尤其不能忍耐，偶爾發現比自己更為弱小的動物，牠總要猖猖展現一點銳氣。其實牠並沒有什麼傷害性，也缺乏咬人的利齒，不過虛張聲勢而已。這時母親又會為牠辯護：「阿乖只是想找人家玩對不對？」

十年以前，雪乖初來之際，只是一團絨絨的小毛球。家裡最早決定養狗時，並未徵詢我的意見，雖然我害怕屋裡充斥狗的騷味，不禁略微排拒著。發現雪乖沒有什麼氣味，週末送洗後更是香噴噴像一隻粉撲，我漸漸不擔心了。那時牠還很小，不善吠叫，一切聲音表達只是低低的嗚咽，楚楚可憐。當牠第一次發出叫聲，性子也從此不同了，彷彿終於有了潑賴生動的靈魂。

我在外地的寄宿學校讀書，久久回去一趟，很少知道家裡的動靜，也並未參與小狗的教養。母親因為工作無暇照顧雪乖而將牠送返原本的主人家了。

母親帶雪乖去拜訪主人。那是一棟富麗的洋房，大門一開，只見五六隻小馬爾濟斯犬咚咚咚從樓梯上跑下來，渾身銀亮長毛拖天掃地，輕飄飄的，簇擁客人也不聒噪。正是：「白雪猧兒拂地行，慣眠紅毯不曾驚。」雪乖立刻與牠久違的兄弟姐妹打成一片。主人家的小狗們露出一口編貝，對照雪乖嘴裡的細爛牙，母親忽然明白主人割捨牠的原因了。雪乖看見自動餵食器裡的滿盆飼料，淅瀝淅瀝吃個精光。母親向主人尷尬地笑了笑，低頭把茶杯裡的紅茶啜個精光。在這樣的好人家裡，雪乖會生長得更為雍容吧。母親含淚離去。

只過了一個星期，母親就決定接回雪乖。她靦著臉托人去向那主人打聽，竟然問知連環的惡訊：那主人認為雪乖已經沾染外面的習性，再度團聚後，與自家手足格格不入，因此將牠送給了寵物店；到了寵物店，店主認為牠賣相不佳，因此又將牠送給了繁殖場，預備讓牠多生幾窩小狗。費了一番周章，母親終於找到流離在外的雪乖，回家第一件事便是請獸醫替牠健康檢查，並且安排了節育手術，不要牠受妊娠之苦。

母親微笑聊起當時送返雪乖的種種。轉眼都已經是十年之前。

如今在夏末的公園，我們看著雪乖遊賞世界，風和日麗。牠低頭去聞那落花，輕輕打了個噴嚏。

狗食

除夕早晨，我在餐桌上吃飯，挾一塊秋刀魚，不小心把魚肉落在地上。雪乖本來就窩在椅子腳旁，發現這天上掉下來的禮物，立刻吃了起來。我彎腰去撿，伸手伸到一半，只見牠已經在那裡舔嘴咂舌。

因為母親嚴格的管制，雪乖向來是除了飼料不能吃其他東西的，頂多專為家犬製造的肉乾或小饅頭，頂多偶爾兩塊蘋果丁，更甜的水果也沒有了。這一來是為了健康，二來也是怕牠養成挑食習慣。雪乖因此更饞了。狗兒討食的模樣確實天真可憐，可是愛之適足以害之，所以我們也都謹慎收手。有時我去逛寵物用品店，待要買些胡蘿蔔乳酪棒，鮭魚薯泥餅，蜜汁雞肉麻花捲，又想牠畢竟吃不了這麼多——作為一隻三公斤重的馬爾濟斯。

雪乖囫圇吃了那塊秋刀魚肉，我又驚又氣，卻也沒法扳牠小嘴取出來。其實這忌口規矩也不是我立的，我也不知自己為何嚴肅至此。

過了幾分鐘，雪乖開始咳嗽了。把一身蓬鬆的白毛抖得飄飄的。我立刻想到是那魚肉所致，也許裡面藏了根刺。然而新年期間，附近獸醫都休息，根本沒處問診，我只能上網查詢緊急處理的方法。網上有人表示，魚刺肉骨過於堅硬，狗不太可能吃進去，吃進去就代表可以消化，消化不了也會排出體外。總之是不必煩惱的意思。然而，聽著雪乖蜷在一旁乾咳，我總覺得魚刺已經深深嵌進了牠的食道，遂也感到如鯁在喉。我忽然意識到自己有多擔心牠怎樣。

我是從小看著雪乖長大的，長大的是我，而牠總還是像個幼童一般。漸漸我覺得我該好好保護牠了。即使不談什麼保護，也該珍惜僅剩的相處時光。母親聽說雪乖吃魚咳嗽以後，表示那秋刀魚早已剔淨了全部的刺，小狗只是吃得太急，嗆了嗆而已。我繼續爭辯，舉出種種可能，她依舊一味稱沒事。她是最瞭解牠的「媽媽」，所以我不堅持了。

我想起向田邦子的短篇小說〈狗屋〉裡，主角達子遛狗經過魚店時，那名叫影虎的小狗貪嘴叼走了販售的烏賊腳，魚店伙計阿勝一邊佯怒訓斥，一邊又丟了塊青花魚腹給牠嘗鮮。結果影虎在回家路上四肢癱軟，口吐白沫。達子一家好不容易請來獸醫替牠打針，牠才恍然嘔出略略消化的青花魚，魚肚子裡還有隻迷你玩具車大小的河豚——食物中毒。或許是這個小說片段使我對於雪乖咳魚之事如此悲觀，也或許還有其他理由。

午後我經過廚房，看見雪乖伏臥在地，縮成一團。不會吧。原來牠只是趴在椅背滑落的圍裙上睡著了，小腹微微起伏，打著呼嚕。那圍裙是否殘留了一點煎魚的煙氣呢。狗年的春節，家家戶戶在大門貼出春聯，歲歲平安，年年有餘。我不需要年年有魚，我只希望年年有狗，並且讓狗好好當牠的狗，也不必來福或旺旺。

攬著雪乖在懷裡，牠還在打盹。我便試著想像有天牠死了，以及牠死後一切會是怎樣。也許也並不怎樣，我們無非繼續過日子，一天一天，當作牠只是上美容院去，在一個春暖花開的週末。我想那時我們依舊會定期將雪乖的兔子娃娃洗乾淨，一隻長耳朵夾著一枚曬衣夾，懸掛在陽台風乾。圓型曬衣架夾了一圈布偶，如同嬰兒床上的旋轉玩具，只消遙控它便會響起古典音樂，徐徐轉動起來。

歲月將會這樣循環，繞著繞著，十二生肖跑過一輪，猴雞狗豬。狗年來了又來，可是我們心愛的小狗，離開了便再也不在。

藥王

雪乖的眼珠漸漸濁了起來，恍然是白內障的前兆。獸醫表示，雪乖的年齡畢竟大了，對於已逾十歲的馬爾濟斯而言，水晶體病變是正常老化現象，無關純種犬的基因缺陷。我望著雪乖那對微微蒙上陰翳的雙眼，眨還是眨的，轉還是轉得滴溜溜的，不知現在牠所看見的世界是怎樣一幅景象呢。即使點了眼藥，牠的白內障也僅能延遲，無法治癒，也許目盲那日終究是要到來的。

眼睛的毛病總是事關重大。如同許多小狗，雪乖也有淚液外溢的問題，兩眼泫然，長期在臉上流出兩道棕紅的污痕，因為淚水中的某些物質氧化了，生鏽也似。馬爾濟斯渾身白毛，稍有淚痕尤其明顯。餵藥餵過一陣子，再搭配換季大幅剪毛，雪乖的臉紅頰見起色，單剩下一絲絲染至深處的殘紅了。我摟著雪乖，對牠問道：「請問你是雪紅嗎？還是雪裡紅？」我母親聽見，走過來阻止我：「你不要幫牠亂改名字，牠都聽得懂的！」我悄悄笑了。我母親對於雪乖同情共感的能力，比我更為豐富，因為她們之間超越真正意義上的親子，人犬一心。

豢養寵物真是所費不貲的事情，食衣住行育樂不談，占了支出比例最多的還是醫療用度，如果希望牠們活得既壽且康。雪乖自幼施打狂犬病預防針，萊姆病預防針，梨形鞭毛蟲預防針，疫苗接種一劑不少。牠又要定期服用專門抵禦心絲蟲的口嚼錠，防微杜漸，真真是個藥罐子了。

回想起來，雪乖似乎總是三病四痛的，長年與頑疾藥物相伴。作為雪乖的主要照顧者與出資者，我母親經常計算給我聽牠的醫藥費。她翻開記帳簿檢閱道：「春天治療毛囊炎，最初是每週吃一次藥粉，吃一次就一千三；後來改成每個月吃一次藥丸，吃一次也要兩千！真是花錢！簡直就像扶養一個嬰兒，又沒健保給付。」我知道母親這樣娓娓告知我她的付出，不過是要人感激她。狗兒不能言語，自然是我該表示謝意了，然而我只是靜靜不說什麼，任她發完牢騷。抱怨歸抱怨，最終真正能夠寬慰她的，也還是雪乖的平安而已。

在雪乖的月事降臨以前，我母親便決定替牠預約結紮手術，她不要牠生——簡直就是帶有性別解放意味的決定。因此雪乖早早便摘除了子宮與卵巢，摘除了懷孕與分娩的痛苦，摘除了未來罹患婦女病的可能。子「宮」。卵「巢」。乳「房」。陰「戶」。雌性的肉體向來被描述為一種屋宇或建築，不能不容納，不能不堅固，即使在狗兒身上亦如是。在與雪乖共度的歲月中，偶爾我們教牠多一些，偶爾牠教我們多一些，即使牠並不是西蒙．波娃，也一樣啟發我們對於女性主義的思考。我始終記得結紮手術後，雪乖戴著伊麗莎白項圈，懨懨懨懨蜷在鋪滿靠枕的小床上，那垂首嘔吐的模樣——因為麻醉藥導致的副作用。在這種時候，任誰都會想要對牠說一聲：「你很勇敢呢。」

伊麗莎白項圈儼然是雪乖的標準造型，如此平常，平常到幾乎富於某種隱喻了。在家裡，牠是至尊的虛位元首，伊麗莎白女王一般，也是至弱的纏綿病患，遂必須戴著限制行動的頭套式項圈。

某年夏天，雪乖的左耳感染了葡萄球菌，散發惡臭，據說是因為缺乏免疫力的緣故。也不知是不是純種犬出生就有的不足之症。雪乖貴體違和，並不哼哼唧唧，也不刁鑽打滾，就只是默默傳來異味，在牠輕巧經過我們腳邊的時候。為了避免雪乖抓搔上藥的耳朵，獸醫替牠裝上伊麗莎白項圈，兜頭罩臉的塑膠領子，立刻隔離了四肢的接觸。雪乖端坐在客廳，像一部綻出銅色喇叭花的留聲機，時而緩緩轉向左方，時而緩緩轉向右方，然而是靜音的。不知為何這幅畫面一直留在我的腦中。生病的人或非人，向來善於開成一朵披哆的巨花，無聲，無香，甚至腐爛也似難聞，旁人唯有勉力屏住呼吸，方能與他或牠和平共處，在日復一日的療養之中。

所謂的倫理問題，往往必須在外事激發下才得以顯現，所謂的愛又何嘗不是如此。因為雪乖經常在那裡受折磨，我不禁反思自己對牠的情感能夠抵達怎樣的地步。也許已是我所能抵達的最遠最深處。然而，人與小狗作為不同物種，擁有不同知覺，若要說誰足以對誰痌瘝在抱，到底都是言過其實的。

愛犬復仇記

養著小狗的人都知道，小狗黏人時有多黏人。黏不了人的時候，牠們便在暗地裡醞釀牠們的報復計畫了。

有時這些報復行為看似無邪且無害，不是出於故意，可是也並非就等於不要緊。某段時期，網路上大量出現關於小狗與火龍果命案的討論，竟然許多人家都有相同的遭遇，總是這樣：外出的主人回家了，忽見小狗歪倒在血泊中，渾身沾滿了紅漬，地上也是血跡斑斑，乍看宛若凶殺現場。結果呢，原來小狗只是去咬火龍果玩，咬得果肉支離，果汁飛濺，又不善維持環境整潔而已。主人發現小狗安然無恙，鬆了一口氣，不僅不忍多加呵責，反倒能夠去感受這份頑皮的可愛。

類似的事件實在層出不窮。另一起著名的事件是，小狗獨自在家時，百無聊賴，東扒扒西抓抓，碰翻了桌案上的墨汁，於是將整個客廳踩得這裡一腳印，那裡一腳印，幾乎就是為宣紙的空白添上花團錦簇的臘梅，創作了一幅水墨畫。小狗身上染著濃淡駁雜的黑灰色，微微吐出舌頭，一副「我知道錯了」的表情，卻又令主人無可奈何，只有為這位墨客拍張照片，增補一筆社群媒體上的談資。

這些都是愛犬的祕密的復仇。需要陪伴，缺乏陪伴，就在獨處的時間兀自鬧得家翻宅亂。寵物攝影機每每錄下許多驚人畫面，並且引起觀眾的疑惑——究竟，究竟一隻小狗怎能有如此強盛的破壞慾呢？

平時在家，雪乖一向乖巧，只有當我母親預備出門，拿著一串鑰匙叮叮噹噹響時，牠會微微提起耳朵，跟前跟後，非常想要一起出門。如果母親出門了而我在，雪乖還不至於太過焦慮。如果大家都出門了，雪乖感覺受到忽略，那麼我們回家後，往往就要收拾牠的洩怒的搗亂了。好比衛生紙包裝給撓破了，柔軟的紙張零散四方。好比沙發上的抱枕全給推落在地。好比玄關的拖鞋給一雙一雙拖到廚房，覆蓋著咬得碎爛的茼蒿萵苣，諸般葉菜。受限於身高和體型，雪乖能夠製造的騷動也就是小規模，馬爾濟斯的等級，然而在這些無足輕重的麻煩中，牠的惱火抗議再清楚也沒有了。

完成了這一切，雪乖餘慍未消，懶懶窩在牠的圓頂小床裡，任憑叫喚，也毫不理睬。這時我們只能把口氣放軟又放軟，等待牠回心轉意，相信自己不是不被在乎的。等到雪乖終於願意出來了，我和牠玩起你丟我撿的遊戲，將牠的布偶從客廳拋到餐室，牠就衝去叼回來，給我再拋一次，往復數趟。當我去拿牠嘴裡的布偶，牠不肯鬆開牙齒，和我一拉一扯地拔河，發狂也似，這就代表牠完全恢復玩耍的精神，並且不計前嫌了。

有時我們放雪乖獨自看家，回家後，發覺衛生紙沒事抱枕沒事拖鞋沒事葉菜們也沒事，總是不禁感到隱隱的不安。這次不記恨了？果然，十有八九，我們會在浴室門外的腳踏毯上發現一塊黃黃的污漬——最鮮明的報復主義。浴室裡設有雪乖專用的尿布墊，牠知道該在哪裡尿而不在那裡尿，顯然有牠的忿懣。我母親抱來雪乖，要牠看著自己遺留的黃漬，佯嗔問道：「這是誰弄的？嗯？誰弄的？」雪乖把頭低下來，轉去一邊，又像倔強又像慚愧的模樣，於是母親笑了，知道牠知道錯了，就去餵牠兩顆寵物小饅頭。雪乖俯身，就著小碗吃點心，銀白長毛披散，背脊露出一線若有似無的皮膚的粉紅。看到這樣的粉紅，任誰都會輕易原諒這傲嬌的小動物。

學生時代，我在學校修著日文系的課。老師在黑板上寫下日文裡白雪的別稱，晴天的細雪是「風花」，致災的暴雪是「白魔」。我們複誦著這些古典的詞語，嘴唇收束在一個扁平的形狀，發出屬於異國的音。

雪乖在牠安居的屋子裡，時而風花，時而白魔。

畢業照片

重聽荒井由實的老歌，聽到久違的〈畢業照片〉（卒業寫真）一曲，忽而想起研究所時代的畢業合照。那似乎是我唯一參與過的班上的集體事務。整個碩士班的三年裡，我甚少加入各種富於社交意義的活動，從沒去過導生餐會、讀書會、歲末交換禮物之類的派對，事實上，我根本不曾在眾人共用的研究室裡念過書或寫過作業。沒有課堂的日子，我就不去學校，偶爾去了也只是待在圖書館裡，獨自一人。

遠離人群的生活很是輕鬆，指尖操持著一把新銳的剪刀，剪斷了所有無謂的人情事故。事故無誤。有人的地方總是有諸般罣礙，諸般恐怖。關於讀書或寫作的裁縫，畢竟都是屬於自己的勞動。

開始進行畢業論文之後，日常往來的朋友僅剩一位來自北京的女孩了。大我兩歲。單名一字「雪」。朋友告訴我，她出生那晚，整座京城下起了漫天大雪，於是她便被如此命名了。我總是叫她「雪雪」，叫著這暱稱就彷彿叫著一場下雪的天氣，或是某種冬日的寧靜。在那樣的冬日裡面，有燃燒的爐火，有熱香四溢的濃湯，有玻璃窗上淺白的薄霧，因為室內如此溫暖，一切並不令人感到清寒。也或許是因為我早已習慣了清寒的緣故。幾乎是透過雪雪，我才能勉強維持著與學院時事的些微接觸。

畢業合照的日期到了，我和雪雪在山坡上的傳播學院會合，一起緩緩走下山去。沿路踢著楓香樹墜落的果實。滿地生著芒刺的小圓蒴果，這裡一枚那裡一枚，在我們腳邊滾來滾去。我俯身撿拾了其中一枚果實，揣在掌心，感受著它帶來的刺痛，如同感受一張照片的刺點。

久未謀面的同學們在圖書館的廣場會合。許許多多的陌生臉孔，這裡一張那裡一張，在我的身旁滾來滾去。眾人興高采烈穿上租借而來的學位服：純黑的立領的寬袍大袖；長度近乎披肩的黑白領巾，尖端繡一朵紅蕊黃瓣梅花；最後是一頂不甚符合頭圍的四方帽，左側絲線垂下雪白帽穗——帽穗位在左側就代表已經獲頒學位了。當然這不過是為了拍照體面的權宜而已。

當日天氣清朗，春風狂狷，颳得大家的袍子與帽子飄飄亂顫，誰都不斷伸手正一正衣冠，謹慎護持周身難得的裝扮，以及作為被拍攝者應有的整齊肅穆。我想起羅蘭・巴特在《明室》裡寫著，攝影之事令人在進入照片以前，就已預先將自己凍結為影像。人人構思著將要在這張合照裡留下的模樣，即使自己的臉孔最終不過是集體裡極小極小的一點存在，也有不容怠慢的端凝之必要。

在圖書館正門前的階梯上，一階二階三階四階，眾人前後排成四排，屏息面對著攝影師的相機。那鏡頭如此龐大而迫近，幾乎可以聽聞快門眨眼的一瞬聲響。喀嚓：大家立正站好。喀嚓：大家手比愛心。喀嚓：大家把四方帽托在腰際。喀嚓：大家伸長了手臂，將帽子一拋拋向天空。帽子滿天翻騰，在落下以前被捕捉在相機的記憶裡，最經典的畢業景色，彷彿所有學校與學院的學生都要有這麼一張的。儘管這裡多數的人們其實無法隨著合照的完成而畢業，如此景色依舊顯得歡喜恣肆，就連我這最不容易感動的人也跟著感動了。

我轉身叫了一聲：「雪雪。」雪雪站在我斜後方，仰頭等待她的四方帽降落，沒有聽見。眾人站在階梯上，仰著頭，等待自己的學位降落。

在短暫的畢業合照之後，我又恢復以往的孤僻習性，就連畢業典禮也沒出席。那撥穗儀式舉辦在碩士班二年級下學期末尾，一個眾人理應可以畢業的時間，然而彼時我仍處在反覆改寫論文的階段，口試答辯遙遙無期，即使給院長之類的人物調整了帽穗的方位，也並不能夠代表什麼。這樣的畢業典禮令我感到徒勞不已，參加與否似乎都是一樣的，於是兀自忽略了它。

一九七五年，尚未隨著婚嫁而改姓松任谷的荒井由實，以二十一歲的聲音低低唱道：「每當遇到悲傷的事情，我就會翻開那皮製的封面，畢業照片裡的那個人，流露著一副溫柔的眼神……」然而，我的研究所是連畢業紀念冊也沒有的。有的只是雲端相簿裡無數雜陳的自拍影像，上傳自同學們的手機，以及幾張眾人排排站好，衣冠楚楚的合照，在巍峨的圖書館之前。

很久很久以後，當我開啟那些畢業照片，照片裡的我，也會以一雙澄澈的眼瞳，無聲地，凝望著不知何時才會到來的未來。

地下影印部

學校的影印部位於某棟大樓的地下室，每當我需要影印列印的時刻，它總是我想也不想的首選地點。一級一級，走下去，走進去影印部之後，手機訊號就要倏忽斷得乾乾淨淨，再接不到網路與電話，因而這裡每每給我一種異質空間的綺幻感受。儘管影印部陳舊，凌亂，失物招領的櫃子擺滿各式各樣他人遺落的物件，它仍然是一個別有洞天的場所，富於技術到近乎魔術。

我並不常去影印部，因為對於紙張作為一次性消耗品的狀態懷著莫名的愧怍，遂早已兀自實行起了個人規模的無紙化革命。我喜歡書與紙本，可是我更喜歡在電子介面上處理諸般其實毋庸浪費紙張的工作：繕打筆記，校對稿子，讀完課堂討論的文獻。偶爾必須去影印部列印作業或導讀講義的時候，我安慰自己：至少這裡的學生價格是經濟實惠的——黑白列印一張一元，十張十元，一百張卻不是一百元，而有經過計算機乘除之後，令人不明所以的折扣。結帳找回的銅板在口金錢包裡琅璫作響，我非常樂於聽見，聽見那聲音就彷彿置身遊樂園的情境，手心揣著鐫出神祕圖騰的代幣，無處可花。

寫著畢業論文的日子，每寫好一部分我就以電子郵件寄給指導教授。那教授在她的研究室裡設置了一架印表機，總是極其耐煩地將學生的論文初稿列印出來，拿紅筆逐句加上評論與修改建議，為了晤談便利，也為了視力保健的緣故，於是我從她手裡領回了許多自己的論文紙本，並且不免有一種禍棗災梨的歉疚。然而，教授的印表機大約是無法進行雙面列印，因此她向來是以廢紙的清潔的背面印出我的文字。每當我們為了某個論點而意見分歧，分歧到難以說服對方的時候，我總是想起：在愛惜樹木與紙張這一點上，我們倒是非常志同道合的。

到了論文後期，每次要交給教授的章節分量太多，我便自行去影印部列印了。那段時期我屢屢往返於地下的影印部與山坡上的傳播學院之間，度過了春夏與秋冬——四季彷彿不是延伸的時間，而只是山上山下，那垂直落差的距離。

影印部終年溫暖。我不知道這是各種機器散發的光熱所致，或者這裡為了預防紙張受潮而長期進行著除溼與暖房。又或者，就只是因為這裡位於地下室，地洞一般，遂隔離了整個校園的灰冷的雨天呢。事務機近乎烘焙地運作著，連續不斷的白紙黑字彩圖色塊印出來印出來，如同一匹一匹新生的白馬，戴著牠們的轡頭與鞍韉，高高低低高高，踩在虛空中，相偕跑成了一座旋轉木馬，華麗而不知停滯。對於學院生活的週而復始，我在影印部裡感到了輕輕的倦怠。

倦怠的我善於保持緘默。瘖啞一般的緘默。因為意欲表達的物事已然一字一字印在紙上了我便終於無話可說。每一個人攜著他們滿腹的詞語來到這裡，點擊螢幕上的輸出鈕鍵：文學的詞語，哲學的詞語，數學的詞語。有一次，某個學生影印著大量的樂譜，四分八分十六分音符抑揚頓挫，漸次從事務機裡流洩而出，而他垂首站在機器前，靜靜等待紙上那帶有碳粉溫度的旋律。也許這是為了合唱團而準備的歌譜吧。每年十二月學校舉辦著盛大的系際合唱比賽，歷史業已逾越半個世紀。我特別記得這個學生，因為他穿一件刺繡帽T，胸前密密刺出了兩塊粉紅的肺葉，幾乎是一比一的尺寸。吸一口氣。吐一口氣。在練習歌唱的日子裡，他與同伴有他們自己的呼吸。

不知不覺，印製畢業論文的時間到了。我也理所當然選擇了影印部的服務，毫無懸念地。朱紅精裝書殼，燙金字樣，明明並不是什麼偉大的作品，被這樣的皮相支撐著，恍然也有了衣冠楚楚的格式。領到裝訂好的論文的同時，也領到了一隻信封，其中是印刷廠特為書封燙金字樣而鑄造的鋅版。管理影印部的老闆娘表示：「有了這些鋅版，以後再要印製就不必開版費了喔。」我沒有告訴她，今後我的生活大抵不會再與論文有所牽涉了。

那時學校的長假已經開始。那老闆娘帶來了她的兒女，陪著自己一起上班，想必是因為無人可代為看顧的緣故。一個孩子穿著溜冰鞋，在機器與機器之間來回滑行，把這裡當成了一座地下的迷宮，探索著，遊玩著，偶然俐落迴旋，避開了林立的障礙，姿勢優美無比。

那份優美，就是影印部予我最後的，並且永遠的印象。

賀新家

我母親的志願是當個室內設計師，然而從前始終沒能當成。如今她終於有了裝潢屋子的機會，就在她期待的新家。

為了布置新家的緣故，她經常在假日忙到很晚，有時就直接在那公寓過夜。床被是已經安裝好了的。她傳來新家的照片給我看，告訴我她添購了怎樣的櫃子，怎樣的桌子。某些區域的牆壁採用油漆粉刷，某些採用壁紙，壁紙上開出繾綣的花葉圖案，像電影裡的歐式鄉村小屋。她最喜歡白色，新家有純白的家具與廚具，純白的木百葉簾，純白的洋桔梗在純白的蕾絲墊上。似乎就差一隻白色的馬爾濟斯了。

白色的馬爾濟斯有牠的心事。我關閉了母親分享的照片，去客廳餵雪乖用晚餐，一瓢狗飼料叮叮噹噹落入陶瓷小碗裡，又剪幾段肉乾靡進去，可是牠不肯走出牠的旅行提箱，只是懨懨趴著，毫無食慾的模樣。我哄道：「媽媽不在你也要好好吃飯才行，不然她會擔心的，知道嗎？」百般勸解，又輕撫牠低垂的頭，牠才緩緩起身。

我母親購買的新家是近年時興的，僅有地上權的公寓，數十年後就要繳回，等於長期租賃，不過比租賃的優點更多。她買這屋子的意思是反正她年紀漸大了，就快死了，也不需要住太久。在她死前，她想過一次她想過的人生，在自己的空間，與自己的情人。我母親笑道：「也幫你留了個房間，你想住隨時可以來。」我總是應道：「那太不好意思了。」成年人與成年人之間向來是善於客套的。我想起了日劇《蛋糕上的草莓》，關於重組家庭裡一對沒有血緣的學生兄妹的戀愛故事。深田恭子飾演的妹妹跟著再婚的母親一同住進了新家，成為瀧澤秀明飾演的哥哥的心上人。某日夜晚，那妹妹邀著哥哥至主臥房外偷聽裡面傳來的，低微的嚶嚀，然後含著眼淚笑說：「媽媽，得到幸福了呢。」

搬家是一道周折的過程，總要往返數次方能完成。這天我母親又在搬家了，挑了許多漂亮的東西運走：她最昂貴的服裝，套著乾洗店的塑膠防塵套子；鍋碗瓢盆，橄欖木鍋鏟，繪有玫瑰花邊的下午茶杯盤；吧台的荔枝皮墊高腳椅，仿舊古銅電風扇，直立式蒸氣熨斗。她一臉高興的神色，照了照鏡子，向我囑咐道：「我走了！好好照顧雪乖！」我摟著小狗縮在沙發上，不讓牠下地，因為牠是最黏「媽媽」的，每回見我母親出門總是緊追不捨，渾身毛茸茸的分離焦慮。雪乖睜著水汪汪的眼睛，略略豎起耳朵，諦聽母親一轉一轉鎖門的鑰匙聲，終於彈壓不住，掙脫我的懷抱，跑到玄關的地毯上嗚嗚叫了起來，像哭。

新家那座吧台稍矮，因此我母親又特地請來木工師傅，將她帶去的兩把高腳椅的木腳給鋸短了——即使有天再把那對椅子帶回來，也不合用了。我母親的搬家是一趟只問前程不問歸途的遷徙。

母親離去之後，我坐在書桌前，拆開她日前至外國出差時寄給我的禮物，據說是知名品牌的指甲油。一罐蓮藕色，一罐愛玉色，一罐桑葚色。我向雪乖問道：「你想要搽指甲油嗎？」牠探頭過來嗅嗅，立刻避開了那刺鼻的味道。我慢慢為十指指甲著色，想像那新家粉刷油漆的工程，滾筒高高低低高高。白漆塗上了牆壁，一層一層，越是乾淨的物事越是要避免弄髒。我想到母親將在苦惱與快樂中維持那間新家，新娘一般，也覺得溫馨了，儘管那是位於遠方的溫馨。

她的一副水鑽珍珠耳環忘在餐桌上。半夜我摸黑至餐廳倒水，摸到那副耳環的鋼針，一螫一螫的，像一雙歛著翅膀的蜜蜂，那尾部小小的刺。

魔術師

外公不知何時開始學起了魔術，每次見面，他總有些把戲可以變給我看，關於撲克牌的，關於棉繩的，關於銅板鈔票的，或是關於紙杯與骰子的。偶爾他忘記自己變過的魔術，又表演起重複的內容。各色各樣的，庸俗的道具，在他手中並無一點魔術的詭譎氛圍，反倒很有老派綜藝的意思了。

在客廳的小茶几上，外公堂皇擺出三隻紙杯，翻來覆去地展示，又要求我檢查它們的構造。他故作神祕道：「杯子裡什麼也沒有喔。這隻空空的，這隻也是，另外這隻也是。」我正色回應道：「我確認過了，沒有機關。」於是他把其中一隻紙杯倒扣在茶几上，在它高聳的底部放置一顆骰子，疊上其餘兩隻紙杯，再以食指指節清脆敲一聲，移開三隻紙杯，那骰子業已立在茶几上了。我瞠然不可思議。外公的眼睛瞇瞇笑成弦月形，就連低垂的霜白鬢眉也略微顫動著。

魔術既畢，他會仿效美國電視節目《魔術師之終極解碼》的作風，殷切向我揭露這個魔術的訣竅，旨在傳授自己奧妙的技藝，擔憂它失傳一般地。往往我喜歡看魔術破解勝過看魔術本身，好比刀箱的障眼法，好比美人的軟骨功，即使最後一切終於真相大白，那過程裡的機巧也還是值得稱奇的。外公介紹完他的魔術手法，我便依樣操縱兩三遍，故技重施復重施，胸臆也有一種熟練的快樂緩緩暈散開來。那種暈散的感覺，或許就像在一杯鮮奶中兌點葡萄汁，紫色液體沉降至白色液體深處，旋即又從那深處漸漸擴張，浮升，忽焉在表面綻出一朵舞爪的大花。

外公的魔術偶爾失靈。某次他拿來一副撲克牌，數出了幾張，要求我從中抽取一張，不必宣布花色。他收回我的撲克牌，將整副牌交錯洗勻，並且在小茶几上分成幾堆，排起繁複的陣式。經過一番推算，他揪出一張黑桃皇后，斷定我最初抽到的即是這張。我尷尬道：「呃，可是不是……」他皺眉詢問：「怎麼可能不是呢？你是不是騙我？」我遂供出剛才手中的紅心騎士。他又嘟噥道：「怎麼可能呢？」我坐在旁邊等待他從頭查驗整個魔術的步驟，然而他試了又試，依舊無法呈現正確的效果。其實我並不很是在意魔術的成功與否，然而這犯錯於他似乎是涉及尊嚴的事情，我遂無法阻止他的檢討了。

環顧客廳，客廳四處放了許多相框，每個相框封印著一段遙遠的時空，動輒二十年前，三十年前，比此刻的我更為年少的母親也會在玻璃後面含笑，披著寬大的學士袍，謹慎維持帽穗的安穩。一九八〇年代的女子，似乎都非常熱愛燙一種茱莉亞·羅勃茲式的鬈髮，密密的細鬈爬到肩膀上，彷彿略略一撥亂，就可以佇在路邊賣弄風姿，像電影《現代灰姑娘》裡那樣攔截一輛遠道而來的便車，從此揚塵離去。我母親去到婚姻裡，又從婚姻裡出來。攜帶著我。而自由的空氣總是新鮮並且不足夠的。

外婆的一幅肖像照高掛在客廳的牆上，年復一年，俯瞰這個家族的諸般興革。外婆在我小學時便罹病過世了，至今她留予我的回憶亦已多半淡薄。我記得外婆的喪禮結束以後，我在外公房間的書桌上發現一張對摺的直罫標準信紙，信裡潦草寫滿以「為什麼」開頭的句子，為什麼這般，為什麼那般，每個涉及追悼的發問終究都是無解。不知如今成為魔術師的外公，是否已能輕易召喚昔日那些往事，讓他想要顯現的顯現，讓他想要消除的消除，讓黑桃是黑桃，讓紅心是紅心。不知是否偶爾也會失誤。

外公還在客廳研究他的撲克牌魔術的紕漏，無奈始終探尋不出個因由，於是他決定採用其他花招雪恥了。他開抽屜找來一部老舊卡西歐計算機，鍵入一串長長數字，一二三四五六七九，並且叫我隨意講個數字。我講了五。他預告道：「我可以馬上變出很多五給你。清一色的五。」遂將這串長長數字乘以四五，當真獲得了「五五五五五五五五五」。每三個五的中間隔著一枚計算機的逗號。出於近乎迷惑的懷疑精神，我又指定要八，他就改將一二三四五六七九乘以七二，積數果然是「八八八八八八八八八」。外公恢復他那滿意的神情了。

我已經看穿這個魔術隱藏的數學規則，可是在外公自己說破以前，我不能夠先說。

最好的時間

某日坐在公車上，經過某個不知名的地方，窗外倏忽掠過一幅售屋廣告：「沒有院子，不買房子。戶戶露台，處處煙景。」寥寥幾字標語，沒有什麼特別的，可是令我恍然想起了母親的新家。那棟公寓的頂樓就是個公共露台，倚著女兒牆，可以眺望鄰近一所完全中學的景色。到了春天，據說學校裡的花樹開得密密的，隨時準備落成一場流星雨。

母親的新家裝潢完成後，我也曾受邀去參觀過一次。從前去那公寓，還是陪她看房子，我們跟著跑單小姐瀏覽一間一間空屋，不同坪數，不同格局，天花板上挖出專為排油煙機預留的孔洞。這一次去，她的屋子已經布置得很齊全了，中間不過隔了數月而已。廚房的櫥櫃填進許多瓶瓶罐罐的調味料，砂糖海鹽胡椒肉桂香鬆巴西利之類，顯然屋主決定要過上一種富於滋味的生活了。

我母親買這新家，本來是為了與她的情人同住的，怎知裝潢竣工不久，那位情人竟然因為腦中風而進了醫院，日常難以行動與說話了。簡直就像漫畫《黃昏流星群》裡會出現的情節。母親的搬家計畫遂暫且耽擱下來。每個週末，她遠赴醫院探視，直到那位情人的孩子替父親另外賃了小屋，聘了看護，也還是不時撥空前去照料，唯恐看護有任何不仔細。我母親是職業女性，又要定期出差至海外分公司查帳，全天侍疾的工作自然怎樣也輪不到她。我常常聽聞母親描述那邊的孩子怎樣風趣溫良，怎樣喜歡她，她怎樣選購了禮物給他們，於是我感到十分欣慰了，為了她獲得新的親友，並且也被接納。

沒去會見情人的日子，我母親在電話上與對方聯絡，善用最簡單的詞語誘導他練習開口，如同教育一個牙牙學語的幼兒，又詢問看護關於復健的情形。掛斷電話，她對我嘆息道：「不說話就不能復健，可是話說多了我朋友又灰心，更不願意說了。該怎麼辦呢？」我告訴母親，我有一本語言學的書籍，是大學雙主修中文系的課本。她立刻借去閱讀了，漸漸認識腦部的韋尼克區、布洛卡區等等語言中樞，偶爾也向我分享她對於書上知識的驗證。那位情人右半身癱瘓，因此左腦負責的語言和數字能力也受損了，可是左半身與左半身連接的右腦沒事，「難怪那時我朋友住院，我陪他出門散步，他回去都認得出病房的位置——他認不得房號——右腦主管的是空間概念啊。」母親如此滔滔地講述，彷彿知道了這些就能夠解決一切問題。

大學時期，我為了日文輔系與中文系雙主修而延畢，最後也並沒領到中文系的學位，對此我母親始終不乏呢喃。選讀各種關於語言的科系，我往往被她批評是太過羅曼蒂克了。站在務實的角度，她到底不太贊成我的寫作興趣，經常建議我也許應該重新擬定志向，譬如說呢，就該跟她一樣進入商學院才好，至少也要嫻熟於操作股票基金之類物事。對於我的語言學課本在她的世界初次派上用場，我很是得意，然而想到這份得意發生的情境，我也不免覺得自己有點殘酷了。

許久許久以前，當我還是個大學生，我母親曾經告訴我：「我朋友說我給他的都是最差的時間……」我可以理解那位情人的不滿。如果是我，我也不會願意自己的情人總把家庭放在第一順位，儘管那不過是個小到不能再小的單親家庭。漸漸我已離開需要家庭的年紀了，於是一味催促道：「你快搬家，搬去新家，快快快。」如今我母親終於不再給那位情人最差的時間，倒是換他只能給出最差的時間了。患難與共的情感，說起來可歌可泣，其實只有可泣而已，哭泣的人不過是勉力把那哭腔哭成一個調子，誤以為那就是歌曲。相愛的可愛，就在於一切正巧發生在你最好的時間，也發生在我最好的時間，否則就都只是拖累。

週末早晨，我母親照例出門拜訪情人賃居的小屋，叮嚀我在家迎接沐浴結束的狗兒，因為春天到了牠要剪毛，不知美容院何時才會送返。我睡到很晚才起床，緩緩走到餐桌旁，揭開桌上的蕾絲緹花防蠅罩子，裡面是母親替我煎的一顆太陽蛋，也許已經是涼冷了的。

盤子左邊擺著一張小字條，她以工整的筆跡寫道：「早安，媽媽愛你。蛋已加了玫瑰鹽。」蛋已加了玫瑰鹽，可是她在新家的色香味生活，此刻還得稍待復稍待。

剪毛季節

等了一個下午，客廳的電話嘟嚕嚕響了，我去接，電話那頭正是寵物美容院的接送員。他預告道：「現在要送雪乖回家了唷。等等麻煩姐姐下來幫雪乖開大門唷。」我嘴上應好，並且暗暗想起晏子使楚的故事裡，那關於狗門與大門的說法。小狗走大門，身為守門人的我怎能不聽從呢。

春天一到，雪乖照例要剪毛。整個冬天雪乖的狗毛養得澎澎湃湃的，在屋裡走過來走過去，白髮三千丈，像從前一度流行的馬爾濟斯造型的面紙盒，宜於放在汽車後座。小狗主要依靠吐舌調節體溫，體毛長短都於散熱沒有太大影響，馬爾濟斯也並不換毛或掉毛，極少危害居家整潔，可是我母親依舊將剪毛事宜當作一件換季要務，儀式一般。大約就像春熱以後，人們得將嚴冬的毛衣與棉被送至乾洗店，一批一批，百般忙亂，理的也不過是自己的煩惱絲。

雪乖回家了，我將雪乖從旅行提箱釋放出來，牠立刻咚咚跑了開——每次回家牠首先要如廁，在浴室特為設置的尿布墊。牠在寵物美容院總是憋著，也許是不習慣那裡的環境，也或許是礙於面子的緣故。小恭既畢，雪乖緩緩走到客廳，我才發覺牠的模樣變得真多，渾身清減了一圈，儼然不是出門前的那隻圓滾滾小狗了。如果貼出剪毛前後的比對照片，我想這照片很可以命名為「雪崩事件」。

我母親也回家了，見到雪乖，假裝不認識牠，驚嘆道：「啊！這是誰！剪毛剪得短短的，像個小男孩！」雪乖歡欣跑到她手邊，舔舐復舔舐。我不能苟同這番過於傳統的言論，故意糾正道：「誰說短髮就是男孩，長髮就是女孩？可以不要把人類世界的性別刻板印象套用到犬類身上嗎？」母親笑道：「又有什麼關係？你還不是留一頭長髮？來，雪乖，媽媽幫你綁個蝴蝶結。」於是她便著手在雪乖的長耳朵上紮起緞帶了。

不分雌雄，馬爾濟斯似乎天生就是適合蓄毛的狗兒，蓄得福壽綿綿的，歪在枕畔也是端莊相。我很懷念冬天的夜晚，一邊聽廣播節目，一邊拿一把沾珠針梳替雪乖梳毛，信手就在牠的體側捉出密密的白流蘇，可是那樣的日子終究結束了。

據說馬爾濟斯在古代曾被稱作「安撫者」（the Comforter），因為牠嬌小易抱，身體又暖，寒冷時節可以權充貴族小姐的手籠或懷爐。在粵語裡，馬爾濟斯也譯作「摩天使」，毛毛的天使，在人類身邊摩挲來去，繾綣難捨。這些命名顯示的都是寵物的療癒性，也可以說是工具性。如同這世界上其他別具慰藉用途的人物：嬰兒、情婦、諮商師，寵物也經常被視為一種解民倒懸的救世者，舒緩了某某疲倦，某某憂慮。需索溫柔的人們最是可悲哀，因為預設他者都該成全自己的予取予求。

無論怎樣親暱伴隨，寵物終有衰老那日。寵物的老化，未必老在外表，卻是老在行止——在靜態中瞧不出來，在動態中就很明顯了。單看照片，十年前的雪乖，與十年後的現在或許並沒有什麼不同，可是牠的步伐漸漸遲緩了，跳上沙發前必須微微助跑，眼睛瞄準了高度與角度，方才一躍而上，再也不是幼時那樣「腳上像是有彈簧」。

雪乖老了，儘管牠的毛色皎潔如昔，摸著柔軟如昔，茸茸的尾巴搖擺起來，輕易就可以把誰的心尖搔得癢癢的。都說狗尾續貂最是糟糕，怎知狗尾方有俗常的可愛，當它在你的掌中揉過來揉過去，拂塵一般，那可真像在提醒你：該把生活裡的烏雲打掃一打掃了。

純愛或畸戀

即使並非養狗之人，對於純種犬與生俱來的爭議，大抵也略有所聞。十九世紀英國維多利亞時期，因為優生學盛行的緣故，有錢有閒的中產階級開始嘗試培育出美色殊異的小狗，瘋狂科學家一般，在製造出各式品種之際，也製造了各式近親繁殖導致的基因缺陷與遺傳疾病。現代法蘭克斯坦的實驗室，打開門，忽焉就走出千奇百怪的純種犬，走過百餘年，至今依舊承受著諸般畸形、病痛，以及提早到來的死亡。

幾年以前，看完英國廣播公司拍攝的《純種犬的真相》後，那調查紀錄片中的小狗的悲鳴，從此便在我耳畔不時地響起。片中幾隻查理士王小獵犬罹患了脊髓空洞症，痛苦得在地上抽搐翻滾，哀哀呻吟。這種疾病的病因是天生顱骨過小，難以容納發育後的腦部，從而令神經備受壓迫。這種痛楚，根據獸醫形容，就像一隻十號的腳硬是塞進六號的鞋一般。紀錄片後來還有續集。各種純種犬的磨難如此令人心焦，因為它們全是出於人類的發明遊戲，出於模擬上帝的操縱之慾，時移境遷後，終究成為了世世代代的歷史共業。

乘著全球化的潮流，外國的純種犬從日治時期開始來到台灣。不拘是使役犬、愛玩犬或伴侶犬，都已與人類相近相親，攜帶著育犬雜誌上所謂的「名血美質」，進入家家戶戶。

進入家家戶戶。許多純種犬的遺傳疾病和牠們的美色一樣名聞遐邇，幾乎可以設計成一道傷慘的連連看習題：吉娃娃犬的癲癇，柴犬的青光眼，貴賓犬的白內障，臘腸犬的椎間盤突出，柯基犬的髖關節發育不良，米格魯犬的心臟病，拉布拉多犬的淋巴癌，西高地白梗犬的異位性皮膚炎，法國鬥牛犬的呼吸困難，大麥町犬的耳聾。知道了大麥町犬經常發生先天性的失聰，再回去看迪士尼老動畫《一〇一忠狗》，我便覺得片中男主人羅傑的職業給設定為音樂家（眷戀皮草的庫伊拉叫他「靦腆害羞的貝多芬」），實在是個特意為之的反諷，儘管極其幽微——那些擁有美麗暈染斑點的狗兒，可以長久聽見主人彈奏的鋼琴曲嗎？

家中的雪乖，送養自其他飼主，自幼體弱多病，也有馬爾濟斯好發的淚溢症：

鼻淚管阻塞，眼淚涓涓流出小黑櫻桃般的眼睛，並且氧化成兩道乾硬的紅痕。獨居以後，有時我回老家，發現雪乖面貌清潔雪白，總是驚訝道：「牠怎麼變得這麼白？」母親的答案總是牠最近又吃了什麼藥劑，擦了什麼藥膏。雪乖有雪乖的血統證明書，載明了牠並非近親配種的產物，然而追本溯源，哪隻純種犬的身世裡沒有任何祖孫交配、親子交配、兄弟姐妹交配的紀錄。雪乖來了，我們能夠做的，也就是給牠所能給的最好的一切。

說起來，我從來不是標準的愛狗或愛貓人士，對於狗貓，一直都是以一種可遠觀而不可褻玩的態度在欣賞的。然而，因為家中有這樣一隻馬爾濟斯犬，我便不時地想起關於小狗的問題。在今日一片「以領養（混種犬）代替購買（純種犬）」的呼告聲中，若要談論純種犬的可愛相貌，似乎難以避免遭到指責，因為這種讚許自然也間接參與了純種犬的苦難的複製——以為是深愛純種犬，實則不無對於畸形的迷戀。然而指責總是免不了的。喜歡純種犬的人被認為不該養純種犬，喜歡混種犬的人也被認為不該養寵物，環環相扣，遠兜遠轉的鄙視鏈中，誰又能堅稱自己的所作所為是無瑕的。純種犬的問世，最初確實是一場生產端與消費端共同完成的謬行，然而事到如今，真正的問題也許已非人類該愛純種犬或混種犬，而是能否在愛上之後，徹底認知這份愛裡既有與將有的諸般艱難，並且為之負起責任。真正的問題是但凡遇到任何問題，就直接分出黑白，分出誰占了道德的上風，誰占了道德的下風。

我想起雪乖。如果十餘年前來到這裡的雪乖，並非純種犬而是混種犬，在今日旁觀各種關於動物福祉的論戰之際，我是否會因為自己屬於看似較為道德的一方而歡喜？也許我會暗暗感到歡喜，彷佛免除了歉疚的重荷，然而這樣的歡喜，畢竟比不上與雪乖相伴的歲月裡，那些因為牠是馬爾濟斯——因為牠是牠——才能引發的一切快樂：圓滾滾的，毛茸茸的，銀閃閃的。

也許我也並不會因此而歡喜。因為我明白，這世界上的邪惡太多，全黑或全白的人物太少，我們身上到底都分布著深淺不一的灰階，這裡一小塊，那裡一小塊，層層疊疊，那是陰翳而又洗刷不淨的，永恆的罪與罰。

花．貓．黃芥末

嘗過黃芥末的人，也許都會成為黃芥末的信徒，堅信不管怎樣的食物，搭配它就必然是美味。蜂蜜芥末。第戎芥末。顆粒芥末。於我再多劑量也無所謂，毒物一般。顆粒芥末的樸野質地如此殊妙，咬嚙著那芥末醬中的或粗或細的芥籽，我總是覺得「臼齒」這名稱取得真是貼切至極。

黃芥末宜於輔佐各式各樣的鹹食，烤豬排或燉牛肉都好，即使不過是就著即將過期的蝴蝶碎餅，喀茲喀茲地咀嚼，那也是令人沉迷到近乎上癮的地步的。小小幾滴黃芥末，滴在舌尖上，整隻舌頭立刻就成為一座向上爬伸的樓梯，一階一階一階，每一階都臥著一隻芥末色的貓。所有的貓忽然移動了步伐，在樓梯與樓梯之間跳上躍下，踩過這裡，那裡，有的爪印名為酸，有的爪印名為甜，有的爪印名為辣。鼻腔裡漫開的涼嗆，便是那些貓們不約而同叫了一聲「喵」。

大學時代，我曾短暫賃居在學校附近，為了系上一門關於新聞採寫的必修課。兩班學生各要當一學期的實習記者，一學期的實習編輯，維持著一份報紙的運作。輪到我當記者那學期，改稿事務繁蕪，每週總有幾天要在學校忙到很晚，難以追趕最末一班通往市區的公車，於是我也成為了外宿族群，和室友分攤著套房的租金。套房樓下有一間德國餐館，門外庭院圈出了小小的花園。沒有課堂的下午，我有時攜著筆電去那餐館，一邊吃飯，一邊打完一篇必須寄發的報導或訪綱。總是坐在地下室的位置，四壁塗著芥末黃的油漆，感覺就像坐在一罐芥末裡一般。

團團的客人散落嘈雜，訴說著我聽得懂與聽不懂的語言（這是個外籍生尤其多的學校）。我拿起小刀子和小叉子，謹慎切割著盤裡的法蘭克福香腸，蘸一些黃芥末，送進嘴巴。黃芥末在舌尖上點了一點，無聲的酸鹹香辣漸次甦醒，在口腔裡闖來闖去，躡著牠們纖巧的足趾。

那樣的時刻我總是想起《花樣年華》。傳播學院的學生必然看過的一部王家衛。在電影裡，周慕雲與蘇麗珍模擬著伴侶的婚外情，他扮演她的丈夫，她扮演他的妻子，撲朔迷離的四角關係。兩人相約在餐廳吃飯，各為對方點了一份排餐。周拿起桌邊的小金屬盅，在蘇的盤裡抹了一些黃芥末。蘇叉著肉塊，蘸了一蘸，為了知己知彼而嘗了嘗，然後睫毛簌簌抖了一下，道：「你老婆都食得幾辣架喎。」訝異於周的妻子的嗜辣。在燈光寂滅的電影教室裡，我暗暗想著，張曼玉真是個連睫毛都有戲的女子。那黃芥末那樣辣，不知可是英式的辣味芥末，富於辣椒與辣椒萃取物。

蘇麗珍吃芥末醬，周慕雲吃番茄醬。曖昧的情愫交纏成某種名為「**Ketchup & Mustard**」的玫瑰花。有時我幫室友外帶一份香腸拼盤（也附上濃郁的黃芥末），走出那間德國餐館，夜晚的世界總像是秋天。室友是個疑似無性戀的男孩，不喜歡女性或男性或任何性別的人。晚上我們頭靠頭睡成L形，低低聊著二十歲的維特煩惱，對於自己至今仍未談過戀愛這件事，他一直非常不解。「反正你對任何人都沒有心動的感覺不是嗎。」我說。「對啊。但是應該要有很多人愛我吧我這麼可愛，有人愛我我就會跟他交往一下。」聽了這話，我不禁淺淺地笑了。也許比淺淺更深一點。

結束關於報紙的課堂，我還是保留著攝取黃芥末的習性。小小的芥籽，研磨成粉，懷抱著不為人知的薰香，彷佛也是某種芥籽納須彌的啟示，儘管佛經上所謂須彌，該是一個多麼難以抵達的遠方。回想起那段賃居生活，它總是濡染著芥末醬的澄黃與黑褐，秋天的公園一般。整個天空再寬綽，也只是一張餐桌鋪設著麻料菱格桌巾，日月星辰無非桌上羅列的器皿，可以輕易執起，並且放下。從那個秋天來到這個秋天，中間倏忽就過了九年。世界似乎並未改變太多，又似乎一切都已經不一樣。不一樣的是什麼？是我終於知道黃芥末和綠芥末並不都是芥末？是我終於在獨居的公寓裡幫自己準備一份傍晚的早餐，全麥吐司夾歐姆蛋與煙燻鮭魚與一層厚厚的黃芥末？

這樣的秋天，人們可以穿著鬆軟的衣衫洋裝，在街道上慢慢地散步，經過咖啡店、家具店、理髮店，拜訪一座小島一般的公園。公園安靜漂浮在巷弄與巷弄的交叉之處，等待行人輕快踩踏，像貓一般的黃芥末踩過長滿味蕾的舌尖。

本文收錄於二〇二二年十一月出版《食在四方：建蓁華文飲食文選》（一卷文化）

春雨婚禮

長到所謂的適婚年齡，身旁的同代人漸漸開始結婚了，然而舉辦婚禮的卻是其中少數，也許因為現在大家對於繁文縟節也不怎麼在意了。結婚成為一件非常簡易的事情，兩人攜手至戶政事務所登記一登記，領了新的身分證也就是了。偶爾遇上參加婚禮的機會，我總是非常珍重，在月曆上畫著記號，期待那一天的到來。

日前和朋友去參加了大學直屬學姐的婚禮，像個新聞系的小型同學會，儘管並不是我們這一屆的。我們這一屆只有我和朋友兩人在場。因為新冠肺炎的緣故，新郎新娘在婚禮一週前緊急將宴客場地移至戶外，成為花園茶會，花園餐會，減少室內群聚的時間。眾人坐在遮陽帳篷底下，坐得圓圓的，吃喝敘舊。午後天空灰陰陰一片，毛毛雨來了，散了，又來了，又散了。雨勢始終不曾轉大。

我想起在電影《真愛每一天》裡，提姆具有穿越時空的能力，穿來穿去，扭轉許多懊悔，然而他的婚禮非常不巧碰上滂沱大雨，於他實在是可遺憾的。提姆向新婚妻子問道：「你會不會希望我們當初選了另一個比較乾燥的日子？」妻子微微笑說，不會啊，完全不會。她如果說會，他大概就要回到過去再辦一次晴天的婚禮了。關於時光旅行，這部電影的邏輯破綻百出，然而這一段雨天的婚禮卻是韻味無窮，值得記憶至今。

新郎新娘換了較為輕便的禮服，為賓客跳了一支短舞，背景音樂是知名的童謠〈Baby Shark〉。即使瘟疫與壞天氣隱隱威脅著，整場婚禮依舊洋溢著濃厚的歡喜。新郎新娘是一對熱愛體育的伉儷，也滑雪，也潛水，上山下海在所不辭，跳起舞也是靈活流動的。春天的細雨終於下下來了，一絲絲一絲絲，不像是落到地面倒像是飄向天空，將要浮升到繁密的雲層裡去。

投影布幕播映著兩人相戀十三年的種種，第一次吃的餐廳，第一次訪的外國。回顧結束，新郎新娘邀請賓客拿手機掃 QR Code 登入特製的問答小遊戲，每一道問題都出自剛才的影片：第一次吃的餐廳為何，第一次訪的外國為何。新娘生著一張孩子似的臉，十三年來沒有改變，其中一道問題卻是給了四張新娘不同時期的面孔，要求賓客依照歲數排列先後。賓客紛紛為了這些難以區辨年齡的肖像而苦惱了。一道一道問題堆疊起來，砌成兩人走到此刻的階梯，一級一級。

遊戲結束，統計累積分數，名列前三的賓客上台領獎，都是新娘的密友。新娘擎著麥克風笑道：「你們一定以為獎品是口罩對不對？」結果竟是適用於遠足的零食背包，一袋一袋小點心小泡麵串連起來的，彷彿背在身上就可以去到很遠很遠的地方，賞花，賞鳥。眾人為了這樣的巧思而驚嘆著。

婚禮真是一次性的表演會，新郎新娘親屬儐相工作人員無不卯足了力量，心心念念扮好自己的角色。賓客交付禮金，等於買了門票入場去被娛樂，被招待。單單是為了這些視聽與胃口的滿足，我便覺得許多婚禮是非去不可的了。祝福的意思當然不是沒有，可是與其說是出於祝福而趕赴婚禮，出於對於感官刺激的尋求，應是更為誠實的理由。

每當遇到相信婚姻的人，我總是很願意相信他們的相信。在下著春雨的婚禮上，最值得體驗的，也許就是這種眾人一致相信著某件物事的氛圍。一切清真純潔得近於數學算式，一加一等於二，新娘加新郎等於幸福快樂。

告別式

某一年生日，我去參加大學學妹的告別式。小我兩屆。二十四歲。她的人生就永遠停息在這個數字裡。

從前在學校，我們是小小的人，在小小的教室裡製作小小的新聞。兩個四年級的學生，領著一群二年級的學生，一起負責系上實習報紙裡一個名為專題報導的版面。每個星期五出刊，星期三總是改稿改到很晚。過了十二點，熄盡教室的電燈，深夜的大樓裡空蕩蕩的，年末的風雨緩緩摩挲過眾人的臉頰，大家笑著鬧著，去校門外一個流動攤車買點消夜吃。不過幾年，眾人再次齊聚，就是在這晴天的告別式了。過了某個年齡之後，所謂的同學會，只能是他人的婚禮或喪禮。

靈堂的花壇極其素淨，白的壽菊與紫的桔梗密密簇簇，中央矗立死者含笑的照片。空氣裡瀰漫著淡淡的花香，垂降而下的電視機播放著「英年早逝」「遽促芳齡」

之類的題辭，我這才知道實體輓聯早已是遭到禁止的不甚環保的布置了。那些哀悼的字句在螢幕裡一行一行輪替著，彷彿富於黑色幽默的啟示：紙本業已衰微。關於這個事實，在座諸位新聞系畢業生比誰都更要清楚。

帶著熱情與分數考上新聞系，許多人對於新聞業的憧憬卻是在一堂又一堂的課程中逐漸幻滅，因為這畢竟是個網友善於譏諷「少時不讀書長大當記者」的時代。然而，也會有像死去的學妹這樣，對於新聞永遠忠貞的學生，日復一日，堅持採訪出屬於自己的頭條。每每聽到關於她的消息，總是燦爛消息，響在耳朵裡，煙火一般轟然。

朋友坐在我左邊哭了起來，雙手搗住了臉。當年我們一起帶著這群弟弟妹妹改稿子，如今想來亦是一場少女革命。離開那座長年陰雨的學校，少女們各自流散遠方，偶然在 Instagram 上遇到彼此，也仍是互按愛心互稱可愛的關係。這些年來我與學妹僅僅見過幾次，因為我生性過於乖僻的緣故，總是寧可在線上見人也寧可人在線上見我。學妹死去以後，她的社群媒體就成為永遠的玻璃棺材，保鮮，恆溫，即使她連紀念帳號代理人都並未設置。新聞表示：再過五十年，Facebook 上的亡者將比生者更多，從而成為專供生者憑弔亡者的數位墓園。

學妹的父親在我們前方致詞，擎著麥克風，偶爾露出泫然的表情，又立刻把臉孔收成無事的模樣。他對在座的大家笑道：「其實再過幾天她就要過生日了，我想邀請大家一起為她唱首生日快樂的歌。我們不哭。」語畢，他便獨自顫聲唱了起來，哭腔難掩，大家遂也零零落落跟著唱起來了。祝你生日快樂，祝你生日快樂。同樣一個句子，被幾個不同的音符支撐著，在繁花盛放的靈堂裡高低起伏。我來到二十七歲了。學妹無法抵達她的二十五歲。

整場告別式我的眼淚並不緊湊，不知為何眼淚始終不能連貫，也許是因為太多人在悲傷了我便覺得自己不能再悲傷，也或許是因為我其實並不那麼悲傷。聽聞這樣的死訊，不相干的人會說：這是自私的；說：這是不負責任的；或是說：噢又是抗壓性很差的資優生的故事。然而他們並不明白，明白這些身懷苛求的孩子都是一則一則珠璣之文，為了自己裡面的一枚錯字就想毀棄一切，重新刷印一切，無奈不能夠，遂只有時時焦慮於為人識破自己的失誤。為此我時時告訴自己，如果在哪裡遇到了這樣的孩子，一定要記得告訴她：沒關係的，我們把校對不及的錯字圈起來，這樣就算訂正了。然後繼續翻到下一頁。

死去的學妹聽懂了嗎。其實懂或不懂都已無所謂，重要的是她終於完成了想要完成的事情。我並不那麼悲傷，也許是因為我希望對於死者最後的選擇保持尊重。祝你生日快樂，祝你生日快樂。

告別式那天，火化時分，天空是非常晴朗的藍。這樣的藍，我從未在從前那座學校裡見過，可是見過一次也就夠了。

輯三：家政

廚房實驗

研究所末期，搬到新家，真正開始過起獨居的生活。日復一日，我在小小的廚房兀自進行關於烹飪的實驗。

與這世界彼此連結的日子，一週僅有一次，那是週末下樓至附近的超級市場採買食材之際。我抱回許多蔬果牛豬雞蛋米麥，自己靜靜烹煮，靜靜吃完。偶爾會有客人接受宴請，可是多數時候，我只是一人坐在餐桌旁，對著剛出爐的菜色，自己檢討自己的作品。其實很像寫作。寫作與烹飪的差異在於，前者是必須在心平氣和以後發生的勞動，後者卻可發生在心平氣和以前。烹飪是令人安寧的事宜。

我從來不知道自己是個能夠烹飪的人。在新的生活裡，誤打誤撞開啟新的技藝，我也對此感到萬分驚訝。一間廚房是一間實驗室，我在這裡一再練習某些比例與步驟，度過早上六點的早餐，午後三點的午餐，晚上九點的晚餐。我常常想起高中的化學課，那時我們似乎不曾進過實驗室一次。我們只是在課本與課本之間，習得所謂的沉澱表、八隅體規則、理想氣體方程式，因為對於高中生及其考試而言，它們的理論比起操作更為重要了。即使是化學物質的製備方式，我們也是道聽塗說一般，在教室裡懵懵懂懂背誦起來的。

站在新家的廚房裡，當年那些化學課，那既嚴既溫的高齡的化學老師，總是在鍋爐的煙霧中緩緩浮現。在如此曖昧的幻象裡，諸般難以觸及的實驗器具也會逐件羅列出來，錐形瓶，酒精燈，燃燒匙，坩堝鉗，三梁天秤，薊頭漏斗，蒸發皿，很有家政的意思了。涉世未深的高中歲月，我是真心考慮過成為一名化學家的。

烹飪的時候我總是想著：這道料理還能加些什麼進去呢？加了什麼會有什麼樣的效果呢？我很少翻閱食譜，偶爾詢問廚師朋友幾則訣竅，上網看看教學影片，在腦子裡大致記上一記，也就著手開伙了。烹飪的可愛就可愛在即興發揮，永遠會有天外飛來的靈感在腦中添補一劑配方。杏桃果醬挖一瓢至綠咖哩中，黑巧克力掐一塊到紅酒燉牛肉裡，無糖優酪乳倒一杯在打勻的蛋液上，調和復調和，煎一張軟香的歐姆蛋。這樣倒行逆施的事情，總是令我非常快樂。快樂得幾乎要流下眼淚來。即使關閉排油煙機，也不會有誰聽見哭泣的聲響。於是我也會發現，真正能夠保護我的並不是廚房，而是孤獨為我樹立的結界。

從前從前，我經常聽的一首歌是〈咖哩飯之女〉（カレーライスの女），因為濱崎步在她主持的電視節目裡，與這首歌的原唱者一起合唱了。她們憂傷地唱道：「站在廚房，做著你最喜歡的料理，我好久沒做的料理，儘管只有這些，卻也是我如今的財產呢，是我來到東京以後的財產呢。」這是一首關於失戀女子的烹飪回憶的歌。我很喜歡它的寓意，聽起來低落而溫暖。為了某人，學會某菜，即使遭到拋棄，那女子還有熬煮咖哩的手藝可以作為慰藉。

烹飪終歸是一個人的熱鬧，只消一點煙火，便足以助人燃起心底對於生活的盼望。儘管所謂的生活，也不過是吃過一餐又一餐，吃藥也似，撐持著身體的健康。收音機在流理台旁播放著，氣象預報表示：明天是晴天，後天是雨天，再來是陰天。生活的真相只是無常，再怎樣綢繆也是無常。而在廚房，在這近於實驗室的場所，烹飪的人永遠能在把握與操控中，體驗短暫的平安。

無名咖哩

煮咖哩是一件要說簡單也很簡單，要說麻煩也很麻煩的事情。簡單的部分在於，市面售有許多款式的咖哩塊，人人都能挑選到自己喜歡的口味，辣一點的，甜一點的，不必非得從頭調配諸般香料的比例。然而，麻煩的部分在於，它需要林林總總的食材，備料手續極其繁瑣。胡蘿蔔，削皮，切成小塊。馬鈴薯，削皮，切成小塊。因為偷懶的緣故，有時我就不放胡蘿蔔和馬鈴薯了，改為蘑菇秋葵茄子玉米筍。

平底鍋燒得熱熱的，煎牛肋條或雞腿肉，煎到產生梅納反應的香氣，再把備妥的蔬菜放進鍋裡拌炒。動物的油脂與植物的水分相遇，滋滋作響。

在這瘟疫蔓延的時期，據說吃咖哩是極好的預防方式，有菜有肉有飯，色色均衡。新聞亦報導著「咖哩含有豆蔻、茴香等辛香料，可以舒緩呼吸道的不適症狀」。我母親打電話來抱怨美國股市的僵局，喃喃說了牛市如何熊市如何，我只是含糊答應著，受限於自己微薄的知識，並不能夠陪她深談關於金融業的境況。抱怨到一個段落，她把話題從投資轉到了烹飪，也叮嚀我煮一鍋咖哩：「記得一定要加洋蔥。」她知道我不吃洋蔥，每每更要重申洋蔥促進免疫力的功效了。以咖哩作為保健藥膳，聽起來真是一種別具古典風情的療方。我想起明治時代日本海軍學習英國兵制，引進西洋規格的艦艇與槍炮，就連日常飲食都一併模仿了——海軍軍人藉著咖哩與麥飯的營養消除了腳氣病。

咖哩是船上的食物。從印度到英國，從英國到日本，從日本到台灣，每一次減少一點點它的原始性。煮咖哩的時刻，開啟廚房的排油煙機，那轟轟的聲響不斷拂過耳際，海上風一般，也會令人感覺自己正在航行著，將要去到很遠很遠的國家。

煮咖哩時我總是隨興加入手邊現有的物資，每一種都一點點。鮮奶。優格。紅酒。茶葉。蘋果泥。番茄糊。蜂蜜。魚露。黑巧克力。最後煮出的成果，究竟是什麼風格呢，我也不是非常明白，總之是可以一餐吃過一餐的，一大鍋的醇厚事物。咖哩本是各式香料的集合名稱，成分越多口感越富於奇想。這樣的咖哩是叫不出名字的，叫得出名字的料理多半有它們固定下來的講究，近於一個品種，一個科目，端莊而嚴肅，因而處於模糊狀態的菜色往往更為可愛。在水野仁輔的咖哩食譜裡，有青江菜牡蠣咖哩，帶骨羔羊肉芥末咖哩，鷹嘴豆酪梨莫札瑞拉起司咖哩，我是做不出來的。

也許是因為隨隨便便就能煮成的緣故，咖哩經常被視為一項缺乏烹飪技術的料理。在日劇《月薪嬌妻》裡，美栗擔任風見家的家政婦，某一次煮蘿蔔燉牛肉時，不小心將整鍋牛肉的薑汁調得太重，遂趕緊採取了不可告人的禁招：在鍋中加入臨時買回的咖哩塊，將失敗的蘿蔔燉牛肉扭轉成了蘿蔔牛肉咖哩。咖哩的寓意是：近朱者赤近墨者黑。一切不吉不宜的事物，但凡碰上了咖哩塊，就會變成咖哩的一部分，很有改邪歸正的意思了。按照這樣的邏輯，咖哩中的洋蔥理應是可接納的，可是我害怕處置洋蔥的過程，那硫化物的腥氣，那條分縷析的淡綠的線紋。

煮好的咖哩，放過一夜，據說滋味是最好的。我也不知道原理為何，還是跟著這樣做了。咖哩漸漸冷卻，更冷一點就可以送進冰箱冷藏。有時我也並不加熱，只是鑿一球凝固的咖哩，拌著剛剛蒸出的茉莉香米，將那咖哩溫一溫就直接吃了。

深夜，咖哩的氣味輕輕飄散在空氣中。

茄子的色相

開始烹飪生活以後，我已經煮過幾次茄子，並且發覺茄子的深紫是個難以維持的顏色了。從田園到廚房，從廚房到餐桌，所謂的「紫茄紛爛熳」，往往需要額外手續方能實現，並非自然而然的事情。

第一次煮綠咖哩時，我切了兩條茄子放進去，希望紫色與綠色的搭配製造出衝突的鮮豔。綠咖哩在小火灼燒中濃郁滾了起來，茄子給起起落落的氣泡推搡著，輕飄飄浮在咖哩的表面，一隻一隻鑲了紫皮的小白圓片，不肯浸透，不肯熟透。我拿鍋鏟將它們一隻一隻按捺至綠咖哩中，然而它們下去了又上來，下去了又上來，因為密度小於醬汁的緣故。待到茄子汲飽綠咖哩的汁液，漸次軟爛沉潛，綺麗的深紫也變成了灰褐。幸而咖哩本就善於染色，茄子略難看點也並無大礙，燉得入味就算功德圓滿。

另一日晚餐，嘗試炒塔香茄子，我卻沒法自圓其說了。我立在鍋爐旁邊，目睹茄子在拌炒的同時迅速喪失最初的色彩，紫的，褐的，灰的，更深的灰，即使是蒜末辣椒蠔油魚露組織而成的香氣，也不能掩飾變色的茄子的可憎。我想起從前在餐廳工作，師傅煨炒茄子前每每先要炸過，在茄肉外面裹上一層熱油，一則縮短烹調時間，二則避免氧氣接觸，好將那紫色緊緊鎖住。然而，居家煮食到底難以揮霍大量的油脂，於是我覺得很無奈了。

上網查過一圈，我才知道茄子的褐變真是各地煮夫煮婦共有的煩惱，許多人求助，許多人苦思，許多人發揮科學精神，逐一實驗數種解方，因為大家皆不便或不願在家進行油炸的作業。台北的某某拿小刷子替茄子搽上薄薄的橄欖油，送至微波爐加熱。花蓮的某某在滾水中滴些白醋與檸檬汁，將茄子飛快燙熟。高雄的某某將切妥的茄子抹勻鹽巴，俟電鍋冒出白煙方開始清蒸。箇中法則不外乎高溫加熱，加酸，減少氧化面積與時間，也或許還有其他我所不明就裡的原理。諸般作風在家家戶戶的廚房裡傳遞，遞成一道一道姹紫的盤飧，令人想起梁秉鈞在〈茄子〉一詩裡寫的：「記得你說小時候在台灣長大／爸爸是廣東人，媽媽來自北京／我可忘了問你們家怎樣吃茄子／煮熟了涼拌，加上麻油？／是加了辣味的魚香茄子／還是廣東的茄子煮魚、茄子雞煲？」

我偏好的定色手續是，將茄子扔進湯鍋沸水中，加點鹽，另取一隻深型網勺壓住，令茄子保持潛伏的態勢，低於翻騰的水面。網勺與茄子在水中載浮載沉，汆燙五分鐘即可起鍋冰鎮。紫黝黝的茄皮微微泛白，然而大抵還是紫的。如此定色的茄子宜於涼拌，也宜於熱炒。我經常做的是蒜辣蔥花油潑茄子，辛香料切成細末，撒在茄子上，最後澆一瓢滾燙的橄欖油，立時萎靡馥郁。

維持茄子的紫色，並非輕易事宜，在自炊自食的廚房裡似乎亦無必要，偏偏我還是致力維持著，彷彿出於某種良知或矜持，很有不愧屋漏的意思了。其實根本也不會有誰在意這些茄子如何又如何。

在《紅樓夢》裡，劉姥姥進大觀園，王熙鳳對她闡述茄鯗的割烹方式，第一道步驟就是剝除新鮮茄子的紫皮，單取其餘淨肉——顯然色澤良窳並不在顧慮範圍之內，因為這道小菜本是專為久藏而製的。都說色香味俱全，色香味俱全，鑑色、辨香、品味是很理所當然的流程了，然而飲食實際講究的優點卻往往恰與字面順序相反：最重要是滋味，再是香氣，最後才能輪到色相。然而，在一人的廚房料理茄子之際，因為快樂的緣故，我還是願意挽留它那易於散佚的花青。

超市的交通

每個週末我固定上超市購物，推著一輛滿載的推車，漸漸把超市的街道走得熟極而流。超市的街道大抵呈現棋盤式格局，直的直，橫的橫，沒有過於曲折的深巷與窄弄，可是其中缺乏嚴密的行進守則，交通問題因此時時發生了。

週末超市裡的客人熙來攘往，各有各的推車，各有各的速度與方向。她推著車裡的果菜演練會車的技術，馬鈴薯滾來滾去。他推著車裡的酒水實踐超車的訣竅，白蘭地波濤陣陣。儘管超市的路牌標示極其簡明，罐頭類是罐頭類，零嘴類是零嘴類，麵類是麵類，早餐穀片類是早餐穀片類，攜家帶眷來此遊逛的客人依舊經常停車暫借問。在這座龐然的零售迷宮，隨時隨地都有客人要左轉，要右轉，要發車，要倒車，指尖捏著一紙漫長的待購清單，闖關手冊也似，記載位於東西南北的關卡。販賣熟食的地帶燃起溫暖的爐火，擺放海鮮的區域鋪設碎冰，散著森森寒氣，一式一樣的推車行走其間，也會有殊異的歷險。

超市的員工每每立在貨架底下進行促銷，邀請客人試喝一杯雞茸玉米粥，試吃一塊乾煎骰子牛，招致挨挨擠擠的隊伍。超市的交通越發不順暢了。儘管這種塞車是一種富於色香味的塞車，也是難以容忍的。更難以容忍的是，有些客人善於將推車臨時停在路邊，也不知道上哪裡去比價比貨了，遲遲未歸。路過的客人遭遇推車阻擋，左顧右盼盼不到車主回來挪車，暗自推著推車將那無主的推車撞了開，撞至街道的角落，以便拓展一條康莊之路。在那屢受磕碰的推車裡，奶油泡芙是否因而有了輕柔的毀損，紅的白的雞蛋是否因而生出細緻的裂痕，卻是肉眼無法追究的。

超市裡另有一種推車，上面是置物籃，下面是玩具車，專供兒童模擬駕駛的體驗。父母信步推著推車，兒童在自己的車座裡瀏覽超市的勝景，繫緊安全帶，偶爾按鳴方向盤配備的喇叭。在那低矮的視野裡，他們瞧見的超市理應與大人迥然有別，如同電影《鬼店》裡的小丹尼乘著三輪車探索豪華旅館，漸漸發覺旅館的弔詭之處了。有一次，某對父母推著那玩具車式的推車，推得太快，兒童在車裡倏忽暈眩了，謦欬一聲，伸頭吐得滿地泥濘。此前那兒童在車裡一邊移動一邊咀嚼夾心餅乾，也許是略微飽脹的。兒童的母親非常憤怒，立刻逼著兒童下車，抽取溼紙巾揩拭那燕麥糊似的穢物，口中不忘罵罵咧咧。目擊這種幼教場合，我總是覺得莫名恐怖，只好趕緊繞道而行，匆匆離開了事故的現場。

那種玩具車式的推車並不常見，我猜想著超市裡大約不出十輛，因為從來也沒能輪到我推。

某個夜晚，我至超市採購燉煮冬蔭功湯的食材，到家後發現似乎落掉了其中一種香料，遂趕在夜半超市打烊前回去補買。虹彩的兒童玩具車安穩並排在入口，總共七輛。超市裡一個客人也沒有。我推著那玩具車式的推車，啟程尋覓我所遺漏的氣味了。途中經過羅列冰淇淋的街道，超市的員工靜靜蹲在那裡整理冰箱裡的商品，將每種品牌的名號一一旋向外邊，藍莓的，抹茶的，杏桃的，巧克力的，等待隔天再在客人跟前甜美一遍。歡迎光臨歡迎光臨。無數冰淇淋日復一日軟言蜜語，動用諸般修辭與祈使，終於也在夜闌時分沉寂下來，彷彿可以沉寂一百年，一千年，如同中了《睡美人》故事裡的魔咒。

在這樣冷清的超市裡，任誰都會生出無負擔的，飛車的憧憬。然而我需要的香料就在收銀台附近，還沒奔馳便已抵達終點了。

冰箱與杏桃

到了填補冰箱的假日，我總是感到非常期待。空曠的冰箱什麼都可以裝，而因為什麼都可以裝，便要引起採購之人的貪心了。在前往超市的夜路上，我總是一邊計劃下個星期的菜單，一邊構思等等購物的動線：海鮮區，麵包區，乳製品區，異國調味料區。單是這麼想著，便已隱隱覺得振奮了。比起滿足自己的體腔，滿足冰箱的體腔彷彿是更為重要的事情。

富饒的冰箱每每貯蓄關於幸福的想像。對於獨居的人而言，只要冰箱裡隨時有點什麼果腹事物，也就是豐年稔歲的日子了。在動畫影集《愛×死×機器人》的〈冰河時期〉裡，遷入新公寓的一對年輕情侶開啟房東遺留的古董冰箱，在霜雪中發現了高速演進的，袖珍的人類文明，創世紀也似森羅萬象，即使後來一切終究歸於灰燼，歸於無。正是：「眼看他起朱樓，眼看他宴賓客，眼看他樓塌了。」我常常覺得這部動畫是一段關於冰箱庫存的隱喻。冰箱裡什麼都有，但也什麼都會沒有。

冰箱總是激發我的收納偏執。冰箱門上的柵欄攔住杏桃果醬、蜂蜜芥末醬、番茄醬、蝦醬、辣豆瓣醬、自製的藍莓乳酪醬，兩瓶水，半杯檸檬角，十顆雞蛋安然於它們的窠臼裡。魚肉與餃子在第三層的冷凍室裡，蔬菜水果在第四層冷藏室的透明抽屜裡。難得買些雪糕或聖代，就放在第二層的製冰室裡。當然，也會有當日未盡的南瓜濃湯、特地隔夜的秋葵咖哩、預備招待客人的蘋果銀耳羹，封上保鮮膜，靜靜冰在第一層的冷藏室裡。

冰箱是一種空間，也是一種時間。日常生活的陰晴滲透冰箱，遂成為冰箱內部的圓缺。星期一的冰箱應有盡有，星期二的冰箱減少些許物資，星期五的冰箱略略拮据，星期天的冰箱就是純然的剩餘了。在拜訪超市的夜晚來臨以前，只能根據冰箱裡有什麼就煮什麼，想方設法排列組合，一面回憶某些食材熟熱的氣息與口感，一面溫習某些廚具的使用方式，以便抓取最適切的搭配。殘留的空心菜梗剁成細段，可以跟雞絞肉炒成蒼蠅頭。伶仃的蝦仁與蘑菇不妨先汆燙過再焗烤處理。朋友寄來整袋盛夏的蘆筍，寄得太多，偶爾清蒸，偶爾乾煎，最後還有幾枝打成蘆筍汁。

烹飪的基本道德是：珍重消逝的每一株植物與每一隻動物。然而，這種說法或許太高尚也太博愛了。真正值得疼惜的還是在超市散盡的一分一文。因為節約的緣故，冰箱裡沒有任何東西是可浪費的。

而冰箱的美好，就美好在它是居家環境裡少數一無長物的櫥櫃。冰箱總是在充盈與子虛之間反覆循環，永遠不必擔憂它累積絲毫的雜蕪。這種定期告罄的乾淨，是冰箱最令我歡喜的一點。

無論冰箱怎樣清空，總有某些食物是不能缺乏的。例如，杏桃。我是個非常依賴杏桃的人，下廚時往往要用點杏桃調味不可。然而，說是杏桃，其實也並非什麼新鮮果實，只不過是杏桃的加工製品罷了：杏桃果醬，杏桃罐頭，杏桃汁。杏桃果醬富於香甜，拌炒在打拋豬肉中是絕佳的蜜意。杏桃罐頭裡醃漬著完整的果肉，偏於酸，可以在羅宋湯或紅酒燉牛肉裡放上一顆，兩顆，熬得軟爛匿跡，作為番茄的輔佐。杏桃汁則出乎意料竟是鹹的，鹹而濃稠，到達難以痛飲的程度，因此自然常是鹽巴的替代物了。倒一匙在奶油燉飯裡，燉飯也會帶有澄黃的色澤。

我記得第一次小啜杏桃汁後，我立刻就明白，在小說《以你的名字呼喚我》裡，艾里歐初見奧利佛將杏桃汁一口氣喝光時，何以特別注意他的「咂了咂嘴」的回味動作。對於從未嘗試過杏桃汁的人而言，這確實並非尋常反應。

填補冰箱的時刻，腦中想的大多是這類無足輕重的瑣事。

冰箱就這樣開，關，開，關，日復一日，漸漸又空曠了起來。

梅雨一夜

梅雨斷續的季節，人人情緒低迷，Instagram 上的影像似乎也變得更為曖昧，彷彿誰都懷著一個不可言說的祕辛，等待雲開見日的白晝來臨。

某個朋友在限時動態裡發布了一張照片，背景也許是屋裡的客廳或飯廳，未曾點亮全部的電燈，白的地，黑的桌，桌上一隻碧色玻璃花瓶的瓶口伸出含苞的蓮花，莖梗直挺挺的。兩朵似開未開，花色粉裡透白，另一朵更為緊縮，最外層的花瓣仍是青澀的淡綠。花與花之間穿插幾枝蓮蓬與蓮葉。葉片背面浮現粗密的葉脈，宛若靜脈。朋友寫道：「大概我又摘花了。」短短一行小字，再多解釋也沒有了。我很想要詢問他「大概」是什麼意思，「摘花」又是在哪裡進行，可是到底沒能送出訊息，因為在梅雨下下來的夜晚，有些涉及隱私的話題是過於失禮的。

室內的蓮花遠離梅雨，如同室內的人。我在室內無所事事，把陽台的落地窗戶打了開，隔著紗窗，梅雨的聲音傳進屋裡，每個角落都充滿了淅淅的迴響。遠方的不知名的蓮花池塘，此刻理應也在承受漫天暴雨的侵襲。對此我隱隱感到不安了。因為並非每一株蓮花都能獲得千萬廣廈的庇蔭。深夜梅雨是來自天空的懸瀑，一陣一陣沖撞，觸及池塘凍凝的水面，撞出大的一圈圈，小的一圈圈，於是那起伏的水面也會成為一張耳膜，震動復震動。我感覺到自己諦聽雨聲的耳膜，感覺它漸漸掀騰起來，波濤復波濤。白浪堆高至至高處，又無力墜落於平面。儘管不過是最為淺薄的組織，它也有它不為人知的漣漪。

地理課本表示：梅雨開始那日名為入梅，結束那日名為出梅。我始終覺得這種說法非常詭異，彷彿梅雨的雷雲是固定盤旋在那裡的，而人們不能不循序走進它們底下的區域，撐著新近添購的雨傘。年復一年，入梅有入梅的入口，出梅有出梅的出口。年復一年，人們在攤平的月曆之上跋涉，彳彳亍亍，通過一格一格的日期，日期與日期之間僅只留著一絲隙縫，誰都可以輕易跨越，直到踏進烏雲蓋頂的時令。梅雨忽焉淋了下來，無數的日期格子遂化作浴室鋪設的磁磚，許許多多小藍方塊，深的藍，淺的藍，踩在腳尖，馬賽克式的冰涼微凸。梅雨的積水緩緩淹過雙足，令行人的步伐更形淤滯，走來走去走不出埋伏於六月上方的濃雲。

久而久之我便明白了，下起梅雨的世界純然是一間潮溼的浴室，霧氣繚繞四溢，中通外直的蓮蓬頭站得高高的，自半空中澆灌地面微小的行人。橫七豎八的，這裡一枝青蓮蓬，那裡一枝青蓮蓬，倒圓錐形的碩大花托流瀉不絕。它們的花瓣悉皆不復存在，趕在盛開以後立刻凋零殆盡。身處在浴室一般的世界裡，六月的入口在梅雨中模糊難辨，出口卻還要一段長路方能抵達。撐傘的人們低頭計算著自己經過的磁磚，因為太過審慎的緣故，腦中遂也會產生滑溜的錯覺，稍稍喪失平衡就要跌得花開並蒂，肢幹扭曲而腫脹。

熟梅天氣半晴陰，不知如此滂沱何時方能止息。午夜將至的時間，我來到陽台上，在雨聲中依稀聞見蚊香的氣味，也許是隔壁的，或是樓下的公寓住戶點來薰蟲。我暗自想著，在這樣的雨天裡，在陽台燃起蚊香，委實是汰侈的事宜，只怕梅雨略濺一濺就要熄滅了，那赤紅的星火。

根據氣象預報，梅雨將會這樣下過一夜。上午一時的降雨機率是百分之百，上午二時也是百分之百，三時四時五時均是。待到翌日清晨，也許我應該致電朋友，關切他採的蓮花是否已經開好開滿。

停電事故

到了夏季，關於停電的新聞就從各處傳來。電車半途而廢。電影熄滅。電梯困住許多人，許多人等待燃眉的救援。停電的城市陷入意外的混亂，這種混亂的啟示也許會在事過境遷以後緩緩浮現，然而當下只是不可解，末日一般日月無光。平時渾然未覺，直到失靈方才確認它的奏效，這就是基礎設施。其實也很類似人們習以為常的某些東西。

停電終於也停到我住宿的城市。猛然停電的夜晚，公寓的居民持著手機與手電筒出門探問情況，檢查配電盤內的無熔絲開關，光源掃過來又掃過去，很有鮫鱇的意思了。諸位鮮有見面機會的鄰居倏忽露了臉，某某戶原來棲著一對兄妹，某某戶原來養了一隻鸚鵡，在墨黑中厲聲啼道：「小心千萬！小心千萬！」簡直是個聒噪的警衛先生。處在缺乏照明的場所，搭拉的耳朵也會豎得尖尖的，近乎天線，謹慎聽取來自四面八方的訊息。收音機傳來報導災情的語音，一字一句均是對於霓虹世界的留戀。

城市的夜景是瑰麗的，然而城市的停電也許更為瑰麗。試想站在制高點上目擊鬧區停電的瞬間：一盞一盞燈，一排一排窗，一棟一棟樓，一條一條街，全部循序漸進暗了去——那景象應當近於連環倒塌的骨牌。整座城市的光芒坍方了。流金的骨牌翻到背面化作死黑，彼此傾軋復傾軋，以波濤推展的節奏，終於東南西北滿目烏有。就可惜這樣的停電戲碼無法定期搬演，真要放眼觀賞，也未免太過幸災樂禍了，遂不宜當成正確的願望。

忍耐停電的時刻我和朋友講起了電話，聊到一件他稱為「克難的奢侈」的往事。那是小學某年颱風天，公寓電源連續停了數日，朋友一家遂把廚房的雙層烤箱搬移至玄關，又搜出屋裡所有延長線，一個接一個，一路接到走廊逃生指示燈上的公共插座，闔家蹲在鞋櫃旁烘烤新鮮的扇貝——促膝的圍爐之夜。敷著切成薄片的奶油，熟燙的貝肉徐徐冒出汁液。我想到逃生指示燈上，那小綠人擺出避難的奔跑姿勢，而人們趕赴的緊急出口竟是一頓扇貝晚餐，不禁微微笑了。即使停電，已經體驗過文明的人類是無法不文明的。

童年時代的停電似乎總是帶有遊藝的色彩。停電來襲的深夜，日常熟悉的居家環境也顯得陰森了。我坐在幽暗中感覺瞳孔漸漸擴張，屋裡的一切設置格外清楚，不必摸索也知道搪瓷花瓶在左，玻璃魚缸在右，因為忐忑的緣故，隨時都得防著誤觸什麼機關鈕鍵，以致開啟一條通往魔魅的密道。

彼時停電人們還點蠟燭。棉芯略略剪短，火柴一劃，蠟燭燃起海草的薰香氣息，彷彿黑夜本身散發的味道。就著茶几燭台裡的青藍焰火，我會閱讀一本我素來喜愛的日本童話《紅蠟燭與人魚》。在那故事裡，海邊村鎮一對老夫婦收養了人魚誕下的女兒，利用她繪製的祈福蠟燭賺了許多錢，又將她脫售給來自南方的商賈，為了賺進更多錢。人魚垂淚囚禁在關過虎、獅、豹的獸籠裡，被運走了。從此老夫婦販賣的蠟燭成為招引船難的邪晦之物，再也無人購買。

茶几上的蠟燭漸漸融化。燒殘的蠟油堆積出礁岩的嶙峋模樣，尚未凝固的部分則是濃稠的潮水。在月黑風高的夜裡，承載人魚與其他古玩珍寶的貨船，應當也是航行於這樣的海上。

長大以後，停電的夜晚不再那麼富於閒情了。

城市的停電總是輪了又輪，到處都有可能忽焉變成無光地帶。所謂「如夢幻泡影，如露亦如電」，大概就是這個意思。

蛤蜊與沙

新家的廚房一片白色，白色流理台連接寬綽的白色吧台，既是烹飪備料可用的中島，也兼當餐桌與書桌。因為我經常在這裡一邊吃飯一邊看書的緣故，總有幾張書頁要沾附食物的汁液。濺上蛤蜊湯汁的那本詩集，非常奇怪，至今翻開，竟然都還可以聞見那海鮮的腥鹹，幾乎就是海洋的氣味。

我母親喜歡白色。明知白色最容易污損，也還是為新家設計了這麼一個白色的開放式廚房，歐式風格，滿足從前她在婚姻裡一直懷抱著的羅曼蒂克的幻想。陰錯陽差地，她不住這裡而讓我住，等於委託管理，於是清潔的工作遂成為我日復一日的勞役，因為我是樂於下廚的。

在廚房裡忙亂的時刻，鍋具總是多頭並行，湯鍋裡燉著什麼，平底鍋裡煎著什麼，電鍋裡蒸著什麼，烤箱裡也烤著什麼。這些鍋具裡都不會出現蛤蜊。蛤蜊最適合在所有菜都上桌之後再開始烹調，三五分鐘即可完成。蛤蜊天生有牠們簡便的特質。嚴歌苓在小說《扶桑》裡寫一個名為扶桑的雛妓，來自內陸，含苞未放，售價比沿海出身的阿珠、阿彩、阿蜊更要昂貴。港口畢竟太多停泊的水手。學生時代的我，讀完此書，闔上了封底，不禁暗暗思考著：種植一株紅花，也許比養大一顆蛤蜊更為艱辛。

我經常在超市購買蛤蜊，因為蛤蜊是易於料理的食材。照顧蛤蜊的超市員工會從流水中捉出幾顆蛤蜊，互相敲一敲，聲音亮的就選入提袋。鑑定完一輪，又捉出幾顆繼續敲擊，直到磅秤上的數字達到我需要的重量。我在旁邊側耳聆聽，從來也不知聲音怎樣算亮怎樣不算。大約這裡的蛤蜊都是新鮮的，磕碰起來也只是亮與極亮的差別。過磅標價完畢，員工會再附贈一小包海鹽，供我回家進行吐沙事宜——顯然超市是以清水浸泡蛤蜊。

夜晚蛤蜊吐沙的時刻，我總是著迷地看牠們伸出柔軟的斧足，看一整個小時也不膩。在陰涼的廚房角落，蛤蜊泡在調和了海鹽的溫水裡，不堆疊，以小架子略略架高，避免吐出的沙塵又給納進臟器之中。我趴在鍋邊，觀察蛤蜊的青赤紫褐的紋理，以及渣滓排放瞬間，那水的波動。這樣的景色，殘忍而富於趣味，令人目不轉睛，彷彿蛤蜊也會徐徐發散蠱惑人心的蜃氣。經年累月，一個庖廚之人，如果把蛤蜊傾吐的泥沙蒐集起來，理應也能堆砌出一座沙堡。

回想起來，我似乎沒有什麼關於沙灘的記憶。自幼就是被保護得極其安全的都市兒童。只有在老家抽屜的相簿裡，那一系列柯達相館沖洗出來的照片中，殘留著些許褪黃的海邊景色，也許是陰天的，秋天的海洋。年幼的我在海岸玩沙，我母親撐著陽傘，紮一束馬尾，白色洋裝的裙裾被海風吹得鼓蓬蓬，然而還是鎮定地，微笑注視著她的第一個孩子。我的手邊有小杯小桶小鏟子，揉捏沙球，採摘水草，做菜一般勤快。在相機背後凝睇著我們的人是誰？帶著怎樣的眼光？事隔多年早已不可考，也從未有人有興趣探討。

長大以後，我手邊的小杯小桶小鏟子，倏忽成了廚房裡的量杯鍋鏟等等道具。我善於製作的一道菜是酒蒸蛤蜊。平底鍋中施點橄欖油，蔥蒜辣椒爆香，放入蛤蜊稍稍拌炒，再倒入酒水燜蒸（白酒。清酒。米酒。梅酒。蘋果酒。啤酒。各種酒類皆可），中央放一小塊奶油或乳酪。煮至蛤蜊微啟即可撒上蔥花，起鍋裝盤。蛤蜊自帶鹹甜，不必怎樣調味，便已非常下飯。

現在我所暫住的這間新家，是我母親特地打造的，打造給她與自己的情人使用而沒能使用，最終卻成為我練習廚藝的場所——我常常叮嚀自己記得這個事實。於是母親偶爾拜訪的日子，我會煮一桌菜招待她，把她當成一個遠道而來的客人，菜單亦是想方設法搭配的：樹子鱈魚，鹽烤豬五花，菠菜烘蛋，酒蒸蛤蜊，紅藜飯，飯後一盅葡萄銀耳果凍……我母親注重營養學，每每提醒我三餐都要攝取均衡的澱粉脂肪蛋白質纖維素，她來的時候，自然要顯示出我的生活的健康。

餐桌如此華麗。這裡是諸多動物與植物的告別式。戴著花布手套將菜一一端上餐桌之際，我會感到一種和平的平淡，那平淡在光滑中藏著粗礪，如同貝殼的質地。蛤蜊一顆一顆都開好了，怒放也似，在碗盤裡，為我們捎來遙遠的，海潮起伏的聲響。

白宮新聞

我母親的情人生了意外的大病，不能與她一起搬進新家，於是她讓我先來這裡住著，她相信裝潢好了的屋子裡沒有人氣不好。其實她自己曾經到這新家獨住過一段時日，終於還是決定搬回市區的老家，因為那裡距離她的工作地點較近，交通也更為方便。當初她買這新家純然是為了戀愛。雙宿雙棲的戀愛。於她這是唯一重要的考量。和朋友說起新家時，我總是叫它「白宮」，半開玩笑地，漸漸大家也這麼稱呼它了，因為這裡放眼處處盡是白色的景象。母親偶爾來探望我，近於例行檢查，查看我是否確切維持了她依照理想而落成的白色小屋。

玄關有白色的鞋櫃，櫃上一架白漆微型鳥籠，裡面裝著鋁殼小白蠟燭。開放式廚房裡，白色櫥櫃，白色流理台，琳瑯的白柄剪刀、白柄刨刀、白柄陶瓷刀，白色的砧板，白色的碗盤叉匙，就連一枚徽章圖騰也沒有。臥室裡是白色書桌，白色衣櫃，白色床座，床上鋪著白色床單，白色枕被。客廳則有白色茶几，白色電視櫃，白色落地窗簾，沙發上也有白色的羽絨抱枕。白色的大理石磚地板延伸至大大小小的空間，赤腳踮踩在上面，一步一點冰涼，從趾尖直往上竄升，我可以感覺我的體內長出一棵琉璃一般白蒼蒼的老樹，無數枝枝椏椏猛然開散，開成了胸腔裡密布的靜脈。

處處都是白色，白得幾乎要令人發狂了。白色是語言的取消。在色彩學上，永遠只有一種白色。沒有深一點的白，沒有淺一點的白，白色就是白色，無法施以任何多餘的，綴飾的形容詞。住在這樣的白色小屋裡，再是沒有潔癖的人也要患上潔癖了。我母親每次來訪之前，我總要再把整間屋子徹頭徹尾打掃一次，雖然平時也並不是不打掃。然而，白色的弔詭在於，乾淨的地方越是乾淨，髒的地方就越是顯得髒。她總是能夠發現哪裡有點塵埃或髮絲，從而提高了求全責備的聲調。我知道她也並非有意一來就要巡邏檢視，不過是對於自己一手打造的世界格外珍重，然而屢次被這樣指出了缺失，我也不免覺得是我怠忽職守了。

儘管如此，我母親依舊繼續添購著諸般白色的配件，補齊她認為這間屋子需要的東西：白色的除溼機，白色的電熱壺，白色的氣炸鍋，白色的單柄小琺瑯鍋。她總是預想她有天會使用到它們。

屋子裡少數不屬於白色系的擺設是一隻綠瓷聚寶盆，裡面放滿我母親出國帶回的各色鈔票與硬幣；以及一對圓滾滾的銅豬，腳下各自爬著圓滾滾的豬仔與元寶——都是用以招財的道具。那對銅豬身上雕出絲絲縷縷的花紋，加上眼窩、耳洞、鼻孔、嘴巴，最是容易積累灰塵的。母親每次過來，必定要拿銅油把兩隻豬公豬母揩拭得閃閃發亮，彷彿幫牠們「通七竅」一般。銅油的強烈氣息揮散在室內。即使開啟了落地窗戶，也還是需要一段時間方能消去。

我對於蘭壽金魚很是著迷，想要在這屋子裡養魚，搬出了「金玉滿堂」、「遇水則發」之類的風水說詞，方才說服母親了——完全沒意識到魚缸最是安土重遷，等閒難以挪動，養魚顯然就是預備賴在這裡不走了。在電影《家有囍事》裡，常家老少四人在客廳搓起麻將之際，背景裡總有一缸金魚游來游去，她大約也覺得這是財源廣進的吉兆。當然她也並不是迷信之人。為了配合屋子裡的白色家具，我特地選購了一款白色蓋板的魚缸，本有黑白兩色可選。我慢慢為魚缸採買諸多週邊商品：白色的水桶，白色的溫度計、鹽度計、酸鹼計，白色的磁力刷。兩隻金魚在水裡上上下下游移。我忽然明白母親布置新家的快樂是一種怎樣的快樂。她愛護著她的魚缸，正如同我愛護著我的。

夏末的假日，我邀請幾個朋友來新家聚餐，大家隨意帶點什麼酒水零嘴，我負責下廚煮幾道簡單的菜。煮菜時我記得用一瓶發煙點較高的橄欖油，以免油煙污染了整個白色的開放式廚房。朋友之一來得稍晚，在電話上問知大家已經把東西準備得差不多了，她沒有什麼可增補的，遂到附近超市買了一束香水百合。五隻細長的花苞都還緊緊地縮著，像一個女人合十默禱的雙手。我這裡沒有花瓶，等到大家斟罄一瓶白酒，便把那酒瓶沖了一沖，拿來插花了。一夜盡歡以後，那些百合還在餐桌上祈求著，守候它們自己的綻放。

第二天我出門去，晚上回家，才開門，忽焉就聞見滿室濃郁的芬芳。酒瓶裡的花苞全數盛開了。也許是因為氣溫的緣故。五朵香水百合高高低低錯落，竭力伸出自己的雌蕊與雄蕊，黃黃的花粉落了一桌。那桌面也是白色的。我立刻拿抹布去擦，可是越擦那粉末越整片暈了開，把桌子的潔白暈得一塌糊塗。我非常著急，又噴酒精，又噴清潔劑，這裡那裡都是泡沫，簡直不知道還有什麼靈丹妙藥可以派上用場。白色的抹布也漸漸沾惹花粉而污濁了。

我可以想見母親來訪時，看見了她親自監工的餐桌上一塊歷歷的黃污，該要怎樣驚叫，怨怒。揉捏著抹布，我只有一個念頭，迫切而直覺地：無論如何不能在這桌上殘留一點痕跡，無論如何。

白宮新聞。我是記者暨肇事者暨聽者，在心裡反覆播報自己製造的花禍。

新娘的吸塵器

朋友搬到夏末的荷蘭，剛剛度過一星期。學生宿舍一室三人，另有兩位室友，她私下為她們取了暱稱，河南妹妹與羅馬尼亞妹妹，因為她們都是千禧年後誕生的孩子了。羅馬尼亞妹妹的母親護送女兒出國留學，送到宿舍後也跟著住了下來，幫著打掃廚房衛浴等等公共空間，預計要在這裡待到開學。隔著不算太多的時差，朋友打字告訴我道：「還是第一次看見外國人也有這樣的！」又道：「其實照理是不能夠借住的，只是我們沒去檢舉……」然而刷得乾淨簇新的廚房與衛浴畢竟是令人歡喜的。

羅馬尼亞妹妹的母親富於潔癖，用完宿舍配備的老舊吸塵器，又擰來濡了肥皂水的抹布，將它徹頭徹尾擦洗過一遍，腳不沾地忙進忙出，很有家庭主婦的本色了。朋友窩在自己的房間裡，也不免感到被服侍的壓力。其實我可以理解那位母親的作風，初初抵達陌生居處，打掃是認識環境的重要儀式，總要來來回回將每副窗簾開過了，將每座櫥櫃查過了，每塊磁磚都摸過，每條電線都理過，方能覺得棲身的場所稍微親切一點。她的積極掃除顯示的是安全感的匱乏。

如果此刻我也在荷蘭，我很願意受雇協助朋友打掃學生宿舍，歸類行李箱裡各式各樣的日常什物，因為這些居家事務總是令我感到療癒。我常常想，也許最適合我的職業就是家政婦或家庭主婦吧。我熱愛鑽研烹飪與收納的技術，擅長判斷物件的留與不留，用與無用，並且耐於連續數日待在室內，不與任何人接觸也無所謂——目前我對於家政婦與家庭主婦僅有的想像應當是過於淺薄的。

前陣子我一直煩惱新家沒有得力的吸塵器，打掃總是仰賴無塵拖把，儘管溼拖布上的薰衣草精油撲鼻而來，坐在滿室芳香裡也有點低低的惆悵。最近終於趁著假日，上百貨公司選購了一款暢銷吸塵器，直立的，無線的，吸地時刻扣住扳機就通電。吸塵器另有諸般零件可供替換：硬漬吸嘴、軟毛吸嘴、狹縫吸嘴、蟎蟲吸嘴……而生活只是輕輕的塵埃，那馬達製造的旋風轉了又轉，倏忽就要吸去許多日子。

推著新買的吸塵器，我在只有自己一人的家裡踅過來踅過去。途中經過臥室的更衣鏡，鏡子裡的自己穿一件織出金魚花紋的洋裝，大大小小的金魚隨著步伐而顫動了起來，游泳也似，這裡一錦鱗，那裡一錦鱗。我是快樂的。究竟是為了電器的伏手而快樂，還是為了髒污的可控制而快樂，我也說不清楚。

我常常想起在傳播學院的課堂上，眾人討論著關於科技與女性主義的問題，投影片裡一張一張播映早期的美國家電廣告，繪畫精巧，訴求簡斷，可是放在現代業已顯得政治不正確，不正確到洋溢性別歧視的氣息了。例如一九四七年胡佛吸塵器的一幅廣告，墨黑底色上立著粉白的六月新娘，穿一套羊腿袖綢緞禮服，神情凝斂，雙手捧住一大束花朵，頭紗籠罩著她彷彿一層鬆軟的，略帶皺褶的保鮮膜。新娘對角之處則是紅黃相間的龐然的吸塵器。廣告標語下道：「給她胡佛，你便是給她最好的！」一句體己話讓商品的目標受眾紛紛現形，躍然紙下——新郎是觀賞廣告之人，因而不在廣告裡邊。從新娘的紗裙到主婦的圍裙，身分的褪換不過一夕之間。

在這樣的保守中產階級敘事裡，總是男主外，總是女主內，妻子宜室宜家，日復一日維持房屋裡的纖塵不染——家電的量產促進了婚姻願景的量產。廣告的功能在於召喚受眾對於幸福生活的集體盼望，然而它並不表明商品的效果其實是因情境而異的，那畫面裡的吸塵器走到家家戶戶，也會遇上家家戶戶獨有的鋪設與障礙，也許是一張地毯，也或許是比地毯更為寬綽毛躁的困難。在經濟條件允許之下，讓想當主婦主夫的人去當，讓不想當主婦主夫的人不去當，這樣單純而鄭重的呼籲，未來會有能夠實踐的一天嗎？

打掃廚房的午後，揭開吸塵器的集塵匣子倒垃圾，我不小心碰翻了流理台上用來計時的玻璃沙漏，緋紅的沙子灑落一地，成了滾滾的紅塵。打掃原是一件紅塵俗務。灰裡來灰裡去的。可是我庸俗得近於安寧，便也懶得去管什麼庸俗不庸俗。所謂「敝帚自珍」的意思，大概就是如此。

烹飪的黑白

受到推薦之後，我一日裡就在串流影音平台上追完了美劇《傳奇廚神茱莉亞》第一季，總共八集。真是活色生香的一齣劇，食物如此，人物尤其如此。魁梧的身段，棕鬈的短髮，鮮麗裝束與珍珠項鍊與一條半身圍裙，加上開朗詼諧的笑語——茱莉亞在劇中再一次活了過來。

茱莉亞．查爾德是美國知名的電視烹飪節目主持人，一九六〇年代即在波士頓公視的《法國大廚》裡示範法式家常菜的作法，這些菜色是她從前隨外交官丈夫旅居巴黎時學會的。茱莉亞於二〇〇四年逝世，留給後人關於生活品味的無限啟發。（在二〇〇九年的電影《美味關係》中，梅莉．史翠普飾演的茱莉亞正是以此精神導師的形象再次出現於大銀幕上。）當罐頭、速食、微波餐點成為美國日常飲食的代表，茱莉亞借來法國菜的繁複與浪漫，透過電視傳授標準化的烹調步驟，讓口舌麻木的美國大眾重新意識到味蕾的敏感。

《傳奇廚神茱莉亞》是一齣乍看之下一目了然的美劇。該有的平權思想這劇統統都有：女性（作為女兒或妻子）的自我實現、黑人媲美白人的職場表現、性少數族群的性別展演，可以說是完美的政治正確劇本的教科書。然而就因為這些宗旨太過工整了，我的目光反而集中於其他玲瓏閃爍的細節——倒不是美食，而是承載美食的電視機。儘管茱莉亞在劇中做過歐姆蛋、紅酒燉雞、橙香鴨胸、香煎小牛胸腺、花色茶點、巧克力舒芙蕾等等，這些食物及其烹調手續不過提供了一些裝飾性的奇觀，並非真正的菁華所在。作為一個出身傳播學科的學生，我看這劇時最感興趣的，大抵是它如何呈現電視機普及早期，大眾的接納與拒斥反應。

十九世紀以降，各種媒介技術相繼誕生：電話、留聲機、電影、無線電、廣播，在這些遠距影音傳輸的基礎上，電視的技術條件在一九二〇年代便已俱足，然而因為二次世界大戰的干擾，電視機直到戰後才真正進入中產家庭的客廳。在劇中，茱莉亞不僅是「電視上的人」，更是電視的最佳代言人。決定成為主持人後，茱莉亞來到百貨公司選購電視機，看著大大小小的黑白螢幕，忽然其中播映的影像全都改換成她的身影。沒有什麼比這一幕更能展現個人對於電視的憧憬了。其後，查爾德夫婦開車將電視機載回住宅之際，配樂是黛娜·華盛頓的歌曲〈TV Is the Thing（This Year）〉：「電視機是今年的大事，收音機很好卻已經過時。」這全然就是茱莉亞的未來給哼唱了出來。

然而，與茱莉亞的科技樂觀主義相左，劇中某些角色對於電視的流行卻是不能苟同的——他們愛書本而不愛電視。其一即是茱莉亞的丈夫保羅。起初，保羅認為購買電視機只是盲目跟風的行為，也並不贊成茱莉亞在電視上拋頭露面。當茱莉亞因為節目拍攝不順而沮喪時，保羅建議她不如繼續食譜的撰寫：「別折磨自己了……你有內涵，書有內涵，那隻怪物毫無內涵。」怪物指的即是電視機。就此劇建構的情境看來，美國的中產階級長期浸淫在以書籍為尚的文化氛圍中，眾人提及的活躍作家就有厄普代克、納博科夫、海明威、約翰·齊佛、席薇亞·普拉絲、桑頓·懷爾德、漢娜·鄂蘭等等。在一齣記敘電視烹飪節目主持人生平的劇中，作家名姓的頻繁出現不可不說是一筆線索：當電視節目開始取代書籍，成為大眾日常消費的文本，部分習於閱讀的人物難免要對這股潮流感到不適應。

值得注意的是，保羅孜孜鑽研的繪畫與攝影都是視覺藝術，因此他對電視（另一項需要動用眼睛觀賞的物事）的否定，幾乎也就是一種對新興影像技術的懷疑主義。

延續保羅的觀點，為茱莉亞發行食譜的克諾夫出版社的老闆布蘭奇，對於電視抱持的態度更為保守。布蘭奇十分愛重麾下的編輯茱蒂絲，卻也因而經常質問茱蒂絲作為茱莉亞食譜的責任編輯的熱忱。布蘭奇認為，新時代的女性編輯理應掙脫庖廚瑣事，將工作重心放在更能提升同儕聲譽的名家名著上，例如安妮・法蘭克、沙特和卡繆的作品。基於這種心理，布蘭奇對於茱莉亞也有諸多不諒解，並且擴及茱莉亞那關於家務勞動的電視節目上。

在這三位女子的一場聚餐裡，布蘭奇表示自己從未收看《法國大廚》：「我幾乎不看任何電視節目……電視不過轉瞬即逝，令我難以信賴。」對她而言，書籍才是真正可以累積知識的資產。儘管茱蒂絲指出《法國大廚》播出後大幅拉抬了茱莉亞的食譜的銷量，布蘭奇在看過這節目後仍然對茱蒂絲嗤道：「她就像露西・鮑兒一樣裝瘋賣傻！」《我愛露西》是一九五〇年代美國大紅的電視情境喜劇，呈現了家庭主婦露西的令人發噱的日常與幻想。布蘭奇將茱莉亞與露西兩相並列，充分顯示出她是如此焦慮於電視的膚淺與女性的不思上進——自願投入烹飪掃除等等家事，在部分女性主義者心中並非值得尊重的選擇。象徵一點地看，劇末布蘭奇的失明，幾乎可以視為個人對於鋪天蓋地的電視風潮的全面摒棄。

然而，電視終究是戰後最為強勢的媒介，快速供應了大眾每日所需的情報及娛樂，就連茱莉亞也要訝異於自己透過節目對各地觀眾造成的影響。我特別留意劇中某句對白。在一場公視晚宴上，善於模仿美國總統甘迺迪的主持人邀請茱莉亞上台致詞時，茱莉亞對他俏皮笑道：「謝謝您，總統先生，我就不唱生日快樂歌了。」全場哄堂。這短短一句台詞指涉的，正是一九六二年甘迺迪四十五歲生日會上，瑪麗蓮．夢露的祝壽獻唱，而這已然是黑白電視史上的一段經典表演。同時，眾所皆知，甘迺迪的勝選也與電視的傳播效果脫不了關係，許多選民正是因為在電視辯論會上看見他（與尼克森對照下）的俊俏外貌，從而扭轉了投票意向。因此，劇中的茱莉亞在此援引「生日快樂歌」的典故，可以說是大有弦外之音，試圖催化二〇二二年的觀眾對於電視的黃金時代的追憶。如同夢露，茱莉亞終究也成為了令人難忘的影視名人。

作為串流影音平台上的一齣美劇，《傳奇廚神茱莉亞》蒐羅諸多關於電視文化的梗（此文提及的僅是其中一小部分），並陳正反雙方的意見，戀戀地回顧了昔日那段輝煌絢爛的電視歲月。在今日看來，劇中各種關於電視的針鋒相對的討論，到底都是彼時電視備受矚目的證據。即使現在家屋中的電視機看似平凡無奇，甚至許多客廳裡早已沒有電視機了，這個機器畢竟也有過如此驚豔四座的開頭。

當然，在那些黑白的電視畫面中，茱莉亞製作的菜餚無香無味，就連一絲色彩也沒有，然而她對於烹飪技藝的摯愛，讓一切色香味透過電視，翩然抵達了千萬觀眾的感官。

茶餘飯後

茶餘飯後，水槽裡一座小山，大碗載著小碗，小盤疊著大盤，長箸短匙參差其間，靜水不生波瀾。乍看之下亂中有序，如同一套玲瓏繁複的擺設，本來就該在那裡的，繼續這麼擱著，似乎也沒有什麼不好。只是呢，一顆心不免要晃悠悠懸在那裡，因為知道上述都是藉口。洗碗總是要洗的。好比生命裡許多必須面對的難題。幸而洗碗是較輕微的一題。

綠咖哩，藍起司，黃芥末，絳紫櫻桃汁，細細追憶，碗盤上這滿目污垢原來何嘗不是筷子叉子下那斑斕珍味？盛過羅宋湯的骨瓷碗上，膩著一圈橙紅的油。抹過吐司麵包，銀製餐刀上凝著金澄澄蜂蜜。炸蝦捲碎屑又薄又脆。燙空心菜的一鍋滾水給染得淡青。燕麥飯鍋巴。海苔醬遺跡。壺底殘茶。杯沿可可漬。蛋糕上的草莓啖盡了，酸甜入心化為烏有，金邊描花碟子上留下一抹霜雪似的鮮奶油。餐點的旅途，從鍋碗瓢盆至口腔再至胃袋，從容器至容器再至另一隻容器，轉換過程裡總難免造就些許殘膏賸馥，不該惱。浪漫一點的人，或許可以當那是大快朵頤的餘興，饕餮轆轆造訪復又遠去的足印；切實一點的人，只有挽起袖子，補寫一個乾淨的了局。

於是水龍頭就扭開了，一道筆直的熱流，生出輕煙。

洗碗的時候我總是保持安靜，竭力撙節任何一點清水與聲響，深怕驚擾了誰一般。然而我會放些音樂，不多不少，就五首歌，大約二十分鐘功夫，歌唱完了，碗也洗好了。碗盤餐具積累的分量決不超過五首歌。然而，我喜歡研究每一隻碗盤杯杓的細節，往往耽溺於它們的花色、紋理、光澤、弧度、頑垢、刮痕與裂縫——雖是日常親近什物，唇齒相依的，畢竟只有此時能夠悉心檢視與撫摩——結果經常花費比預期更多的洗碗時間。洗著洗著，洗碗的我便陷入沉思了。一枚圖騰固然可以闡明一隻器皿的烜赫身世，一道缺口卻更能夠彰顯它的實用價值，如同兵卒胳膊烙下的疤瘢，比任何動章都更榮耀。

當然，我也會細嗅洗碗精那理性的香氣，體會泡沫緻密的觸感，雙手白茸茸裹著碎沫，這裡一嘟嚕，那裡一嘟嚕，如同冬天穿戴的美麗諾羊毛露指手套。除此之外，我僅是機械式地重覆著一樣的步驟：按壓。揉搓。沖洗。讓熱水沿著盤緣與指尖淌下或滴落，晶瑩或紛濁，並且蒸起滿面氤氳。

儘管歌曲播著，我也聽著，它們卻漸漸進入不了耳朵，哼哼唧唧流過去了。宛若水花，宛若渣滓與泡沫星子一般，淅淅瀝瀝流過去了。或許流向遠方的其實是我的思緒？或許也並不遠，不過是闖進胸臆的方寸之間而已。在如此寂寥的時刻，我又逐一滌蕩心裡那排山倒海的髒碗盤，磕磕碰碰地，一件有一件的罅隙，一回有一回的血珠。只有在不知為何緊緊捏著海綿，捏得滲出泡沫時，我會幡然醒悟，彷彿那軟弱受榨取的是我。

碗盤漸漸洗盡，水槽見底了，便可清楚看到排水孔外圍繞出一圈淺淺的漩渦，宛若一朵透明的重瓣山茶。等到花開以後，我知道這場洗刷就要結束了。碗盤洗濯完畢，齊齊整整歸納至烘碗機裡，好好給烤個三十分鐘，一切又乾燥如昔，鮮潔如昔，於是掛念著的諸般瑣務又理好一樁。這個時候，我總是感到十分舒坦，並且再度恭敬地領悟：所謂心曠神怡，到底也不過就是一方空落落的水槽，何其簡單。

然後，我會想像自己是一隻盡責的鬧鐘，風塵僕僕跑了一日，又回到零。

記帳簿裡的草莓

金魚夜夢

在生活中致力實踐無紙化的我，就連記帳也是仰賴手機的記帳軟體。點開那軟體，一日一頁，可以記錄不同類型的支出，並且附註細項：飲食、衣飾、書籍、寵物、交通、日常用品、醫藥、娛樂……每到月底我統計整個月的支出，看見總結的金額和各類支出的比例圖（那是一張宛若伊登十二色相環的圖表），便有一種微微安心的感覺，無關數字大小或收支平衡與否，純粹就只是因為一個月分又結束了。

於我，記帳的目的與其說是為了財政，其實更是為了收集活過的證據。記帳的意義是：隨時隨地，隨手留下一點日常的歷史。這數位的記帳簿如同一本無形的日記本，記載著我願意或不願意想起的諸般事件，好比一月一日和某某吃了那家蛋糕店，四月十日看了那部電影，九月二十五日買了那雙低跟踝靴，一路穿到了現在，並且將要前往許久以後的未來。

冬天和春天的許多日子裡，我都買回了草莓。為此我在記帳軟體裡，特別設定了一個名為「草莓」的支出類別，每到月底，按下統計鈕鍵，關於草莓的帳目立刻一覽無遺，這天多少錢那天多少錢，明明都是花費，讀來卻也如同另一種儲蓄。我為我的冰箱存進了一份又一份草莓。紅草莓。白草莓。粉紅草莓。為什麼如此偏愛草莓呢，我也說不清楚，也許是因為《蛋糕上的草莓》的影響。多年以來我不斷重看著這部酸楚的日劇，看到自己終於也越過了那些高中生主角的青澀年紀。ABBA 在片頭曲〈Chiquitita〉中輕聲唱道：「Chiquitita，我們雖然哭泣，但是太陽依然在天上照耀著你。」

冬天過去以後，春天的許多日子依然非常寒冷。長長的假期，我一個人窩在屋子裡，穿著毛毛的室內拖鞋，伸手烘著那台老舊的暖爐，等待窗外的小雨停止。小雨始終不曾停止。想要上超市採買而不能夠，於是我到冰箱取出那些還沒吃完的草莓，動手製作草莓果醬了。首先將草莓洗淨擦乾，去蒂切半，放在寬口瓷碗中，以大量砂糖和少許檸檬汁醃漬。砂糖可以防腐，檸檬汁可以避免氧化。冷藏一夜，草莓釋放出豐沛的水分與果膠，便可以開始熬煮果醬了。

糖漬草莓在小琺瑯鍋裡，給爐台上的文火灼燒著，灼燒到沸騰的瞬間，紅豔的糖漿也咕嘟嘟冒出了泡泡。這時放進一塊無鹽奶油，一則可以增添香氣，二則可以消除浮沫（儘管我並不知道原理為何）。接著放進幾瓢蜂蜜。我也找出冰箱剩餘的銀耳，打成汁液，加入小琺瑯鍋中一併熬煮，因為銀耳的膠質可以讓果醬更為濃稠，而並不改變果醬的味道與色澤。果醬起鍋之前，拿出黑胡椒罐，研磨研磨研磨，撒下大量的辛香的小黑顆粒，這便是我最喜歡的黑胡椒草莓果醬了。

果醬一般的早春，時間靜靜地凍凝著。太陽還未在天上照耀著人們。我在餐桌上校潤完一篇關於書信的文章，覺得可以準備一下午餐了，遂為自己烤了兩份草莓奶油吐司。一片吐司塗抹薄鹽奶油，一片吐司塗抹草莓果醬，夾心是許許多多觸碰到舌梢就幾乎要融化的草莓，甜而微酸。細細碎碎的黑胡椒在這些酸甜中偶爾供應細細碎碎的辣，也不炙人。

記帳的草莓季節，記下滿溢的草莓。等到忘卻的日子來臨，那數位記帳簿裡的草莓也會躍然紙上。久違的回憶是保鮮膜盒蓋上的鋸齒刀片，有一點鈍，有一點利，一不小心就可以劃破指尖的皮膚，咬嚙一般。

做完草莓果醬以後，冰箱裡的草莓還有很多，它們可以變成草莓奶昔，變成草莓果凍，也或者什麼都不變成，就只是草莓果實自己。二〇二一年的流行語之一：某某富翁。擁有許多耳環的人稱為耳環富翁。擁有許多貼圖的人稱為貼圖富翁。檢閱記帳軟體裡日積月累的，關於草莓的支出金額，我暗暗想著，我是草莓富翁。如果此刻即將展開一趟未知的旅行，我也會攜帶一整籃子的新鮮草莓，從車子裡沿途扔下，一顆一顆，幾乎可以作為提示折返路徑的記號。無數的草莓在野外，漸漸迤邐成一道紅色的虛線，從起點到終點。

這樣的布置草莓的行為，在旁人眼裡大約是天真得近乎愚蠢吧？因為那些草莓必然不會在原地完好如初，等待誰的指認或撿拾。然而，我自己默默明白，丟下草莓，標記方向，其實早已代表了這將是一趟，一趟一去不復返的旅程。

慵懶的熊

拉拉熊的經典動作是臥佛般的睡姿，右手托腮，左手微微下垂，側著身體，無憂無慮，一副天生自帶枕頭的模樣。而每天早晨我在拉拉熊時間起床，當鬧鐘的短針與長針來到七點二十五分，開散成拉拉熊的唇形的時刻，總有一些夢會在鈴聲中退散。

身旁親友聽聞我對於拉拉熊的著迷，經常贈來各式拉拉熊的商品，漸漸我也可以算是一位業餘的拉拉熊收藏家了。防水鉛筆盒，鑰匙圈，刺繡手帕，帆布提袋，連帽蓋毯，毛拖鞋，西陣織錢包，通訊軟體的貼圖，諸如此類。日日夜夜我被拉拉熊包圍著，感覺自己住在自己打造的一幢博物館裡，古色古香，遂很安心了。

假日邀請朋友來家裡玩，我偶爾準備拉拉熊式的微型派對。坐在餐桌旁，一人一杯軟香溫玉的茶碗蒸，蒸蛋上覆著拉拉熊圖案的魚板，搭配拉拉熊器皿裡的綠咖哩、培根葡萄串烤、蘑菇濃湯。朋友們一面笑道：「這未免太 creepy 了！」一面吃光我做的料理。南風輕吹的午後，眾人至公寓頂樓拿拉拉熊造型的水槍與泡泡槍彼此射擊，打起水仗，戰累了就下樓沐浴，窩在沙發上看影集《拉拉熊與小薰》，度過平凡而平安的一日。（影集裡的拉拉熊有羊毛氈似的身軀，發出渾厚得驚人的嗓音，我其實不太能夠接受。比起活體的拉拉熊，我想我認可的還是靜物。在此我真是充分領會了「葉公好龍」這個典故。）

拉拉熊另有幾位朋友：小白熊、茶小熊、小黃雞。小白熊的胸前繫個小紅鈕扣，茶小熊的腳掌有熊頭形狀的印記，而小黃雞最為醒目的則是牠的豬鼻子了。在拉拉熊的世界觀裡，一切都是圓滾滾毛茸茸，粉撲撲懶洋洋，即使是悲傷也有柔軟甜美的質地，彷彿悲傷不過是一塊草莓泡芙，那卡士達餡只消一親吻，就能吮得乾乾淨淨，並且在腸胃裡消化成身體需要的健康。

我也經常到拉拉熊咖啡廳用餐，把拉拉熊外貌的炸飯糰、漢堡、蛋糕、虹彩冰塊吃完。食熊族一般。拉拉熊沒有什麼表情，當我擎著湯匙挖去盤裡牠的半邊臉蛋時，牠並不會顯露痛苦或憤怒。生活在這世上，最麻煩的事宜應是處理他人不斷拋甩而來的諸般情緒，難得遇上拉拉熊這樣缺乏心情的動物，整個人都要鬆弛下來。拉拉熊是無我的。而我總是感到，日常唯一值得進行的便是關於無我的練習，如果暫時還得逗留在這顆星球上。

熟稔拉拉熊的人會知道拉拉熊的本體並不是熊。拉拉熊背後有一道拉鍊，拉開便可以把整件布偶裝脫掉。許多插畫裡也有拉拉熊洗曬或熨燙自己的布偶裝的身影，看來似乎另有別件可供換穿。至於布偶裝底下藏著怎樣面目，卻是無人知曉的。是個謎。這也是我喜歡拉拉熊的一點，為了那種偽裝裡近乎恐怖的淘氣，而我從來不甚在乎拉拉熊真實的模樣，怎樣都好。會有誰對此感到好奇嗎？

在收音機裡，陳奕迅低低唱道：「如何承受這好奇，答案大概似剃刀鋒利，願赤裸相對時，能夠不傷你。」每次聽到這首歌曲，我便隱隱感覺它是在為拉拉熊代言。也或許是拉拉熊在為世上所有守著祕密的人們代言。任何善於喬扮成可愛之人的人，都可以在拉拉熊身上尋到某部分的自己。

然而，因為太過慵懶的緣故，想必拉拉熊是不會承接這種責任的。拉拉熊還是適合坐在晚春的陽光下野餐，或是泡在充氣游泳池的涼水中，或是躺在新潔而芳香的棉被間，預備迎接一場連夢也沒有的睡眠。我總是想，拉拉熊必定是沒有夢的，因為牠自己就是許多人的夢。

冬日會話

冬日深邃的午後，我在廚房製作水波蛋，製作了一顆又一顆。在氣泡微弱的滾水裡加點鹽與醋，以湯勺快速攪拌出一陣漩渦，倒入蛋液，漩渦自然就將蛋液團團包裹起來，轉成了圓鼓鼓的形狀。我發現，水滾的時刻其實少有煙霧。把爐火轉細，水面才冒起了白煙。把爐火轉大，白煙卻立刻消退了。再把爐火轉細，白煙又不絕如縷。在細火上與在大火上，滾水產生的煙霧量竟有如此違背直覺的落差，真是不可思議。

蛋液在滾水裡漂浮著，漸漸凝固了。小心翼翼撈起煮好的水波蛋，盛在盤子裡，拿筷子刺破，半熟的蛋黃隨即流淌了出來。濃的，金的。

廣播電台裡的人低低聊著天，聊起冬日特賣的毛帽。那似乎是一場電話訪談，因為回答之人的聲音聽起來比發問之人更為遙遠了。因為遙遠的緣故，答覆的聲音也略帶雜質，彷彿收訊不良——收訊不良也許是冬日的會話必然具備的特徵。有時他們一人問自己的問題，一人答自己的答案，全然缺乏交集，談話卻也能持續進行。在場的人訪問不在場的人，靈媒也似，然而真正的現場到底只是個人身處的世界，無所謂共同，無所謂溝通。

冬日的會話，人們漫漫地說些言不及義的語素。說的人沒有一定要說出什麼，聽的人也沒有一定要聽見什麼，不過是為了取暖而姑且互動罷了。言不及義的狀態是：語言及其意義兩相分離，分得很開很開，觸碰不了彼此。那種曠蕩的感覺，或許就像一顆雞蛋，被針筒抽掉了內裡的蛋液，徒留虛無的空殼，而蛋液在蛋殼之外晃悠悠不著邊際，遑論提供營養或熱量。這樣的會話其實是一場發聲練習，咿咿啊啊，清一清喉嚨，誰也不曾真正在乎誰的遣詞用字。

電台裡傾談的雙方忽然想起一些陳舊的往事，想到最後，想起的事情早已褪色在時間裡，所想的僅剩想念本身而已了。他們無法排遣的想念在腦中逐一淤塞起來，如同紅燈時分，漸漸在斑馬線前積累的人群，等著等著，等一枚碧綠的燈號閃爍。那些人群即將前往何方，遇見何人，皆是冬日裡不宜信口過問的隱私。

我想要去哪裡嗎。不想要去哪裡嗎。無所事事的冬日，時間過得慢極慢極，月曆上的日期格子連接起來，連接成了一條濱海公路，可以無限迤邐至遠方，遠方的更遠方，直到終於抵達一座杳無人煙的站牌。車輛很少過來。旅客很少過來。大多時候這裡一片靜謐無聲，只有帶著寒意的陣風輕輕吹過的片刻，滿山遍野的樹梢會發出緩緩摩挲的沙嗄。

冬日深到最深的那日，我回老家去取過冬的衣物，拖著二十七吋行李箱，旅行也似，磕磕碰碰踏上了歸途。這是我在獨居的新家度過的第一個歲暮。坐上計程車，司機向我問道：「你要出遠門了嗎？」他的手指在方向盤上敲了敲，彈琴一般。也許是為了一種節日的氛圍，也或許是為了某些我也說不上來的緣故，我不禁答道：「是啊。」後照鏡裡映出司機的表情，他似乎很是滿意的模樣。至於令他感到滿意的是我的應答，還是在這冬日深處的逃逸舉措，我是並不清楚的。

那是一位中年的司機，車上播著雪地氣氛的歌曲，都是日本曲子，也許他的工作因此也給他一種旅行的幻覺。然而，司機喃喃告訴我，他的妻子要求他下班後順道買回一塊蛋糕，因為今天是他們的孩子的忌日。

輯四：金魚

蘭壽

近來常常在客廳的沙發上過夜，聽著魚缸傳來的過濾水流聲。透過玻璃，魚缸蓋板裡鑲嵌的電燈將水流的顫動投放到天花板上，波光潾洵的。整座魚缸是一個靛藍色的夢境，悄悄外洩了出來，於是深夜的客廳也濡染了那種澄澈的安寧。我躺在沙發上，注視滿天渙散的波紋，一晃一晃，感覺自己也成了夢境裡的一員。夢境裡有兩隻金魚，三株水草，一個人，而時鐘已經走到四點半。

帶回兩隻金魚的那日，我的胸口不知為何非常刺痛。與其說是快樂，那應該是更接近悲傷的一種感覺——也或許極致的快樂與極致的悲傷本有相似的性質。那是飽漲熱烈的情緒，無處宣洩，企圖宣洩，令人忽焉領略了自己其實揣著一顆心臟怦怦。怦怦。怦怦。魚缸裡的打氣幫浦豎立著，打出大大小小的氣泡，在靛藍色的燈光的照耀下，彷彿深夜裡下起了細雪。細雪紛飛，金魚穿梭，我於是漸漸平靜了。隔著魚缸，金魚也會看見我嗎。金魚也會認識我嗎。不看見不認識亦無所謂。我對於金魚沒有什麼多餘的期待，僅僅希望牠們健康成長。健康成長就是，在自由自在裡維持著肉體的機械式運作，吃喝時吃喝，拉撒時拉撒，睡眠時睡得無驚無擾，儘管金魚是缺乏眼瞼的，我總是難以準確分辨牠們的寤寐狀態，如果牠們在水中的活動並不明顯。

魚缸設置在沙發旁的小茶几上，鄰近客廳的木百葉窗。每日起身後，我熄滅魚缸的電燈，將窗戶上的葉片揭開一點，透進早晨的陽光，讓兩隻金魚曬一曬，體驗所謂的白晝。明亮的室外的世界，對於牠們而言也就是太空了吧。陽光只照到一半的魚缸，另一半依舊在室內的遮蔭裡，因而整座魚缸的水色彷彿也有陰陽的分野了。金魚在水中游來游去，一下在微光裡，一下在微暗裡，我蜷在沙發上蓋著薄薄的涼被，可以一直凝望牠們，凝望到全然忘記了時間是怎樣一種緊急的存在。

然而，作為高度涉及管理技術的日常事務，豢養金魚許多時候並不是浪漫的。一個飼主是一個白手起家的佟振保，下定決心要創造一個袖珍的，對的世界——控制水質。控制溫度。控制餵食間隔。控制餌量。控制燈照。精心操持著這一切，飼主難免也要懷疑：自己會不會同樣也是被誰圈禁著的動物呢。是誰陳放了宇宙？是誰安裝了太陽、空氣、水？是造物主？所謂的造物主，或許也只是人類描繪出來的，一個富於自戀的形象。

朋友在雜誌社工作，最近將要去某某高中訪問一位年少的游泳選手。朋友列了一張訪綱，提出林林總總私密的問題，我讀了以後，覺得這些問題如果都能被那游泳選手答覆，那麼最後完成的報導應當會是非常深入對方內在，支氣管鏡一般映出諸般柔軟的作品吧。朋友在訪綱上寫道：「您的一舉一動備受各界關注，對此您的感覺如何？您會不會覺得自己缺乏『游泳之外』的生活？自從開始認真游泳以來，您是否曾經感覺游泳帶給您的快樂不如以往『純粹』或『強烈』？您曾經為了游泳而錯過、犧牲、傷害哪些人、事、物嗎？您是否曾想放棄游泳，甚至但願自己不會游泳？」

如果可以，我也很想詢問我的金魚這些問題。然而，在過濾器的水流徐徐撞出水花的深夜的魚缸裡，牠們只是將小小的嘴巴一張一翕，一張一翕，輕輕漂浮著，連一串氣泡也不曾吐露。

樂水

每個星期幾次，我為魚缸換上三分之一的新水，確保金魚在乾淨舒適的環境裡生活。兩隻金魚在水中游泳著，一隻黃白鱗，一隻紅白鱗，張開了牠們的胸鰭、腹鰭、臀鰭、尾鰭——蘭壽這品種以缺乏背鰭的蛋形身軀聞名。我側頭趴在小茶几旁望著魚缸裡的景色，也會恍然覺得自己長出了不為人知的魚鰓，呼吸於水草之間。

金魚離開水是活不了的，可是有了水也未必就能活，其中涉及諸般隱微的知識。為了幫魚缸換水的緣故，我日常在屋裡儲備一桶自來水，天氣晴朗時也搬至陽台晾上兩日，等待水中殘氯散盡。氯氣對金魚有害，也對分解金魚屎尿毒素的硝化菌有害，而硝化菌一旦銳減，這些氨氮廢物也會危及金魚的健康。水族飼主熟悉的一句話是：「水養魚，魚養菌，菌養水。」在魚缸裡，水、金魚（及其排泄排遺物）、硝化菌的永續共存是生態正常運作的起點，也是終點。至於如何轉動這個迴圈，就是一個飼主的功課，娛樂，甚至風格了。不拘是古法養魚或科技養魚，關竅無非是圓一圓這個循環。

我常常覺得，金魚的優美，就優美在一種煙火當空似的倏忽，因為牠們如此矜貴，脆弱，彷彿隨時可以倒頭死亡，死於各式各樣詳載於水族書籍上的原因：細菌感染。氧氣不足。氯中毒。氨中毒。溫差震盪。寄生蟲附著。也許新手飼主總是這樣的，在學會鑑賞金魚的姿態以前，鑑賞更多的其實是自己過度的恐懼。去年春天，史上最長壽的金魚「喬治」過世了，享年四十四歲，飼養金魚的英國老夫婦將牠埋葬在自家花園一隅。對於金魚飼主如我而言，能夠將金魚照顧至如此高齡，實在可謂功德無量，其中理應需要他人難以想像的細緻。

換水的時間到了，我會先在廚房燒一壺熱水，以便稍後用於調整新水的溫度。趁著燒水的空檔，關閉魚缸設備電源，取虹吸管深入水底，按按管上的球形施壓氣囊，將缸中舊水與懸浮渣滓汲出，一切舉措務必儘量放慢，慢而又慢，萬勿驚動兩隻安然的金魚。此時熱水燒開了，摻兌些許在備妥新水的水桶中，經溫度計測量，確認與舊水溫差在攝氏正負一度以內，再以滴流桶緩緩加入魚缸，過程同樣以金魚的不知不覺為首要原則。最後啟動魚缸設備電源，在水中補充適量的維生素與硝化菌液，並且清洗水桶與虹吸管，再儲蓄一桶自來水。

換水既畢，我觀察著金魚在魚缸裡的適應狀況。那樣澄澈的水裡，究竟有些什麼呢，或者沒有些什麼呢。在這種時候，我總是非常希望自己像漫畫《農大菌物語》裡的澤木惣右衛門直保一樣，可以憑藉肉眼就看見千奇百怪的細菌，圓圓的菌，方方的菌，層層疊疊的菌，輕飄飄存在於味噌、優格、清酒、醃漬物之中。

換水事宜背後的矛盾在於：換水是為了在魚缸裡模擬自然環境的活水更替，然而金魚經過數個世紀以來的人工培育，許多特殊品種其實根本無法在野外獨立生存。就以蘭壽金魚而言，蘭壽業已喪失背鰭，泳速大幅減弱，游起來搖頭晃腦的，也就難有攝食或逃生的機會——所謂可愛往往是一種可憐。想到這裡，我也不禁默默。

深夜的魚缸裡，靛藍色電燈熄盡了，只有過濾水流淅瀝淅瀝，兩隻金魚依偎休息，彷彿感情很好的模樣，令人想起「臥遲燈滅後，睡美雨聲中」這兩句唐詩來。那遲是金魚的遲，那美也是金魚的美，而身為人類的我，僅僅是不請自來旁觀著，無法參與水底的一切快樂。

魚餐

金魚的生活如此單純，單純到除了食慾以外似乎也沒有其他慾望。餵魚時刻，牠們每每百般激動游起來，游向飼料流離之處，沉積之處，遭到水草遮蔽之處，以綻出細微缺口的，薄而透的櫻花尾。我的兩隻小小的當歲魚住在魚缸裡，不知還要吃掉多少飼料才能長得更大。

餵食金魚宜少不宜多，過多就容易污染水質。餵魚的日子，我總是上午餵一餐，下午餵一餐，拿小湯匙謹慎從飼料罐裡舀出些許顆粒，都是兩隻金魚可以在幾分鐘內吃完的量。每次打開魚缸蓋板，金魚就立刻游上水面等待著，小口啜喋，令人想起關於古典制約的心理學實驗——也許是蓋板接榫發出的吱嘎聲，也許是瞬間的光影變化，也或許是整缸水的極輕極輕的震動，在牠們記憶中與食物連結成一片了。明代的張謙德在《硃砂魚譜》裡寫到金魚的靈敏：「每飼彼紅蟲，先以手掬水數聲誘之，彼必鼓浪來食，及習之既熟，一聞掬水聲即便往來親人。」金魚對於人類是否感到喜愛，我並不確定，金魚對於食物感到喜愛，那卻是顯而易見的。

飼料最初漂浮在水面，金魚就仰頭尋覓，一口啜進顆粒若干。飼料浸溼漸漸沉沒水中了，金魚就緊追飼料下潛，泳速疾疾，渾身顫抖，嘴巴不忘一啄一啄。最後飼料降落在魚缸底部，金魚就以肚腹貼著地面，從左邊吃到右邊，從右邊吃到左邊，間或撞歪了三株水草附著的沉木。牠們生著無邪的娃娃臉，腮頰圓鼓鼓，那朵頤模樣總是可以令我觀察很久很久。

飼料乍看全然不剩了，金魚還在逡巡搜索著，小嘴咂咂近乎親吻，彷彿過了這餐就沒那餐，務必要將一切能吃的都吃得乾乾淨淨。我於是忍不住對牠們喊道：「請問你們是掃除大師嗎！」金魚穿過水草的綠蔭，翻出了隱匿在密葉縫隙的三兩顆飼料，旋即轉身吃了光。金魚的用餐態度如此積極，因為沒有胃袋的緣故，牠們對於飽脹的知覺略為遲鈍。有些飼主試圖在魚缸裡培養青萍，本意是當作金魚偶爾充飢的零嘴，怎知金魚缺乏節制概念，迅速將青萍悉數吃盡了，絲毫不留。

金魚嗜吃的食物還有很多，水蚤，豐年蝦，麥麩，羽衣甘藍，葷素不忌。A. A.

Milne 有一本散文集《Not That It Matters》，在〈Goldfish〉一文裡，他花了諸多篇幅敘述自己的疑惑，疑惑於金魚如何開始接受人類餵食螞蟻卵，因為水中顯然缺乏螞蟻巢穴，這必定是後天習得的口味了。在他看來，餵金魚吃螞蟻卵應是某種馴服技巧，有益弱化金魚的體能與精神，而金魚懨懨，也就不得不歡迎這些牠們「一度排斥的煎蛋捲」（the once-hated omelette）。仔細考究起來，這竟然已是一百年前的文章了。我從來不曾聽過有誰以螞蟻卵當作金魚主食，甚至根本不知螞蟻卵可以飼養任何魚類，於是上網查詢了一番——果然，西方過去確實販售著一款 SUPA 牌罐裝螞蟻卵，罐上畫一隻長尾垂垂的金魚，除了螞蟻卵，飼料裡也包含乾燥螞蟻、蟻蜜、植物莖梗碎屑。

發現這一切以後，我對於 A. A. Milne 的散文裡保存的英國餵魚風俗感到了難言的惡趣味。而 A. A. Milne 作為這樣一位認真於金魚飼料的作者，也難怪他筆下的小熊維尼會為蜂蜜產生近乎偏執的熱切了。

金魚的魚缸裡沒有百畝森林。只有三株水草綑綁在沉木上，隨著水波晃悠悠。日前我也去買了些青萍放在魚缸裡，星星點點的，然而金魚似乎不甚在意，它們始終完好無減，兀自垂著鬚鬚的根。也許再過一陣子吧，畢竟這是牠們有生以來初次見到這種植物。

花園

除了學生時代的自然課作業，我幾乎不曾種過什麼植物。近年唯一一次買回了名為露娜蓮的多肉盆栽，照顧數週，紫而胖的葉片就逐漸果凍化，終於死了。我想我實在缺乏園藝天分，對於蒔花弄草越發失去了興趣。然而，為了裝飾，也為了消耗來自金魚的氮肥的緣故，我還是在魚缸裡放了三株水草，從此開始了簡單的植物生活。

決定水草的放與不放，是許多金魚飼主面臨的難題。金魚是以嘴饞著稱的雜食性魚類，時時都在確認可有什麼能吃的東西，四處啃嚙吸吮不迭，遇到質地過於軟嫩的水草，例如綠菊、莫絲之類，輕易就要視為富於纖維素的美饌了。經過一番考慮，最後我選購了經常出現在推薦名單裡的金魚共生植物：小榕、迷你小榕、鐵皇冠，因為它們的葉子較為堅韌，金魚再怎樣嘗試也撕咬不動。在歌川國芳的浮世繪裡，擬人化的金魚每每將水草當作腰帶、團扇、雨傘、對付貓的武器，而非當作食物，不知那些都是什麼水草呢。

魚缸裡有了水草就有最基礎的風景。兩隻金魚在小榕、迷你小榕、鐵皇冠之間來去自如，為了追尋飼料的緣故，動輒將水草附著的沉木撞得東倒西歪，排列出奇異的陣式。沒有一天這些水草的位置是相同的。根據沉木最後坐落的區域與方向，我可以猜想金魚此前游移的動線。有時這些水草是個小小的歧路花園，金魚穿梭其間如同探險，反覆繞過一回又一回。有時這些水草組成了可供歇息的綠蔭角落，金魚暫停著，遂也有了疲倦的模樣，披星戴月的，因為靛藍色燈光遍灑下來，周身魚鱗銀閃閃。水草的生長速度極快，總是某天忽然發現小榕的一枝莖桿抽出了捲曲的新葉，隔天它就舒張一點，再隔天又舒張一點，終於開展完全，融進周圍的蔥蘢草色。收看著魚缸裡的一切，也會看見時間的荏苒。

惱人的是，這些水草難以避免藻類的占據，黑毛藻，墨漬藻，綠斑藻，經常薄薄覆蓋在葉子上。有些水族飼主養著專吃藻類的小螺小蝦，又定期幫水草塗除藻藥劑或檸檬汁，這些功夫我是沒有的。我只是偶爾將魚缸裡的水草取出揩拭一番，如同撣去一件家具上的塵埃。有時藻類長得太深太密，怎麼擦也擦不掉了，只好把整片葉子剪了去，連同那些枯萎泛黃的老葉，或是已然過於冗蕪的根。儘管絕對談不上什麼綠拇指，觸摸著水草我也會有身兼園丁的錯覺。

整理完魚缸裡的水草，雙手總是沾滿了植物的味道。非常奇怪，並不是金魚微微的魚腥，而更近於午後雷陣雨下下來之前，那種來自土壤的氣息。清涼的，懷舊的氛圍，彷彿一切就要來不及。

某天魚缸裡的金魚之一忽然產卵了。那時我才剛剛帶回兩隻金魚不久，全然不知怎樣應對才好，急忙打了電話至水族店諮詢。店方問知我沒有繁殖魚苗的志願，建議我立刻換水稀釋魚缸中可能充斥的精液，再靜靜觀察兩日。如果剩下的魚卵受精了，就會由透明轉為黑褐色，因為裡面住著小小的新生命了——屆時再換水一次。金魚的卵圓而晶瑩，西米露一般，數量理應有幾百，一粒一粒散播在水草的綠葉上，令人想起水草進行光合作用以後，葉片背側冒出的珠珠滴滴的氣泡。

我時時注意著魚卵的變化，抱著憂慮進入了睡眠，作夢，起床，趕著檢查魚缸裡的情況，然而純粹是白費心神。一夜之間，兩隻金魚就將那些魚卵全部吃光了。

吃光了魚卵以後，牠們還是日復一日悠游著：魚戲小榕東，魚戲小榕西，魚戲小榕南，魚戲小榕北。

本文收錄於二〇二一年二月出版《九歌一〇九年散文選》（九歌）

娃娃屋

非常奇怪，金魚的飼主經常被稱為玩家，越深入金魚飼養社群我越發覺這種說法的普遍：入門玩家，資深玩家，業餘玩家，彷彿金魚是種活生生的玩具。貓狗鼠兔的飼主是不被稱作玩家的。我想這是因為金魚居住在水裡的緣故。隔著水，隔著玻璃的缸壁，魚缸裡的風景也就有了收藏與展覽的性質。

一座魚缸是一座娃娃屋，「森林家族」（Sylvanian Families）一般，我為我的小屋選擇的主角是兩隻蘭壽金魚。娃娃屋的魔魅在於：令人成為一個購物狂。出於近乎耽溺的溺愛，我總是想著還能再為魚缸添置些什麼。魚缸裡有過濾器，加溫棒，打氣幫浦，三株水草綁縛於沉木，這些不過是基本設備。除此之外，我還採買了諸多有益金魚健康的商品：蘆薈鹽可以調節滲透壓，維生素可以補充營養，奈米銀可以消除病原體，珊瑚石可以提升缸水酸鹼值，珪藻球則可以擴增硝化菌棲息的表面積，以便快速分解金魚排出的氨氮毒素。即使一時未必派上用場，日常備著它們總是不錯的。完全就是所謂的「把錢投進了水裡」。形形色色的花銷，形形色色的嚮往，金魚漫游其間，飼主的目光宛若鎂光。

於是平日逛水族店的時候，我總是避免與店員對上眼神。一旦洩露雙眼閃爍的星芒，那些店員便要開始舌粲金魚，而我每每難以抵抗他們熱情的提議敦促勸誘，例如，「再換一個容量大一點的魚缸吧」「再幫金魚裝潢一個新家吧」「原本的魚缸可以當作治療專用的隔離缸」，如果這些台詞在我的耳邊多出現幾次，我必然就要直接訂貨並且付帳了。嗚，他們確實準準說中了我不斷按捺的一個心願，這個心願如此恐怖因為它終究要啟動下一趟輪迴——更寬敞的魚缸，更豐饒的金魚，更深的關於金魚的貪嗔痴。

金魚藥浴療養期間，我的腦波尤其衰弱，輕易就會信賴店員推薦的改善水質的商品。為了維持適量的理智與判斷力，我陸續上網買回各式儀器來協助自己進行消費決策：鹽度計，酸鹼計，偵測硝酸鹽與亞硝酸鹽濃度的試紙……冷靜取得各式足以憑恃的數值，也就能夠停一停那嘈嘈的拜物主義。然而，回過神來，我才發現自己竟然還是以購買來克服購買的慾望，如同罹患了某種無可醫救的頑疾。想到其他金魚飼主或許面臨著類似的窘境，我也不禁覺得同病相憐了。

我常常在社群媒體上瀏覽其他金魚飼主的娃娃屋。有人在自宅的庭園裡鑿出了小水塘，蝶尾金魚翩翩來去，睡蓮漂浮於漣漪之間。有人在陽台蔭涼處擺了高高低低的瓷缽，一缽專養一隻朝天眼金魚，伶仃而舒爽。有人特地在客廳中設計了一座四呎魚缸，作為區隔餐室的生態屏風，繡球金魚斑爛錯雜，背景偶然閃現微明微暗的，幽玄的楷書佛經：「所有一切眾生之類。若卵生。若胎生。若溼生。若化生。若有色。若無色。若有想。若無想。若非有想非無想……」坐在自己一手打造的魚缸前方，觀看電影一般，也許每個金魚飼主都能長長久久不起身，長長久久，直到坐成一副布滿青苔的骷髏。

我所憧憬的魚缸，就在楊洲周延的浮世繪《高貴納涼之圖》裡：一群宮廷女子衣飾綺豔，或坐或立於室內，牡丹與鳶尾團團盛放，整座房間冂字式環繞著龐大的魚缸，她們仰頭欣賞玻璃牆裡，玻璃天花板裡的金魚——這些金魚都沒有背鰭，理應是日本經年培殖的蘭壽。這幅浮世繪製作於一八八七年，當時的工藝技術是否真能實現如此恢弘的魚缸呢，又或者這魚缸純粹是個超現實的想像呢，我也並不清楚。無論如何，一生過上一次這種為金魚簇擁的生活，我便能夠毫無遺憾地死去。然而在她們身後的欄杆外，蓄著兩撇鬍鬚的明治天皇站在另一處樓台上，以西洋軍裝之姿，遠遠瞭望過來。忽然間，這幅畫的寓意非常明白了，幾乎是富於批判氣息的：這群綾羅綢緞的大奧女子，到底也不過是被飼養著的金魚而已。凝視且被凝視，占有且被占有，娃娃屋所揭示的殘酷，莫過於此。

生活在娃娃屋模樣的世界裡，玩具似的人類與金魚永遠不會是自由的。儘管如此，我從未忘記金魚也有牠們的心臟，舒張著，收縮著，比一枚精巧的鈕扣電池更為貴重。

躲貓貓

朋友來拜訪我的新家，也攜帶著她領養的貓。這是一隻年約兩歲的虎斑貓，背上布滿灰黑與咖啡的條紋，一橫一橫，只有胸膛到肚腹是整片雪白。我們坐在廚房的餐桌旁喝茶吃點心，面向客廳的魚缸，不時關注著，以免貓將牠的指爪伸向金魚。然而，我的魚缸是帶有蓋板的類型，所以我想應當是不會怎樣的。

有次我在 Instagram 上滑到某個日本金魚飼主的影片：他將一座貴妃浴缸改造成魚池，養著幾隻金魚與繚繞的綠菊，而家裡的黑貓每日早晨至池邊啜水，潤潤喉嚨的乾燥。我不禁留言問道：「如果金魚被貓吃掉了該怎麼辦！」那飼主一派輕鬆地答覆：「確實呢。」看來他似乎並不憂懼的模樣，反倒是我更在意那群金魚的安危了。

我的兩隻金魚在魚缸裡游來游去，隔著玻璃，牠們是否也看見了朋友的貓呢。金魚一貫鼓著膨膨的腮頰，小嘴微噘，彷彿也有許多的嘟嘟囔囔。這樣的臉蛋，介乎傻氣與嬌氣之間，我日復一日睇著，睇出了閃閃發亮的愛意，如同填補齲齒的銀粉，輕輕覆蓋於生活的某個缺口上。

朋友將她的平板電腦放在地上，開啟一個名為「CAT ALONE」的遊戲，讓貓自己坐在那裡玩。那遊戲非常簡單，也就是畫面中不斷出現相同的小動物，讓貓伸出手掌去捉。小動物的選項極多：有振翅的蝴蝶，有爬行的瓢蟲，有趖來趖去的壁虎——令人想起荒木經惟那張經典照片，鏡頭下的愛貓一口咬掉了壁虎的頭，壁虎身首異處，儘管黑白影像上絲毫瞧不出血色。貓的迷你的乖戾。不是乖，也不全然是戾。

貓坐在那裡對螢幕一按一按，目不轉睛，肉球點擊一下，平板就響一下，震一下，命中的小獵物死亡也似暫停一下，隨後又繼續紛繁移動。儘管這不過是個虛假的遊戲，也能滿足牠的熱衷狩獵的天性。貓的玩具似乎總是關於掠食，好比遙控老鼠、電動鯽魚、兔毛鳥羽製成的逗貓棒之類。那遊戲裡的壁虎給貓攫獲以後，彷彿也會升起虛假的靈魂，成為貓的小小的，小小的倀。

我們吃著特地訂購的栗子瑪德蓮，胡亂地聊，聊的都是關於貓的話題。據說江戶時代的忍者擅長透過貓的瞳孔形狀來推斷時間，蘇軾也有〈貓兒眼知時歌〉：「子午線，卯酉圓，寅申巳亥銀杏樣，辰戌丑未側如錢。」也不知道準不準確。「絕對是不準確的啊。」朋友表示，貓瞳除了受到光線，也會受到情緒影響——如果夜晚在燭火旁，那瞳孔依然可以縮細；如果白晝而興奮，那瞳孔也會放大成橢圓。想到飛簷走壁的忍者很可能因為過於信賴貓瞳而誤判時辰，我們不禁低低地笑了。然而無論如何，那狹縫般的垂直瞳孔，總是來自一雙獵戶的眼睛。

貓終究厭倦了重複的平板遊戲，在屋子裡四處梭巡，我們也不去管。突然，牠一跳跳上客廳的沙發，搭上木百葉窗旁小茶几上的魚缸，伸手掀開了魚缸的蓋板。蓋板急遽翻起的音聲傳到我們耳邊。

貓將頭俯向魚缸。

貓舉起了牠的手爪。

兩隻金魚以為飼料時間到了，相偕游上水面。

在這一剎那，我感到我的身體裡響起救護車的激昂的鳴笛——「貓不會去抓金魚吧」「貓不是最愛吃魚了嗎」「貓不會對我的金魚怎樣吧」「拜託千萬不要怎樣」「萬一怎樣了我該怎麼辦」「金魚快點逃離啊啊啊啊」「之前 Instagram 那個日本飼主也是同時養魚又養貓所以應該沒事吧」「一定沒事吧嗚嗚嗚」「我的金魚是不是要死了」「是不是要成為貓的餐點了」「且慢且慢且慢」——我和朋友趕到魚缸旁想要阻止貓的獵捕。

然而，貓只是伸出舌尖，口渴也似，舔了舔魚缸裡的水。

本文展覽於國立台灣文學館二〇二三年「成為人以外的——台灣動物文學特展」

社交疏離

受到疫情的影響，許多人與家中寵物的相處時間變得更長了。養貓的朋友們不知為何開始輪番玩起了貓的避障測試，並且拍成影片，蔚為流行。他們取出各式各樣的物件，在室內的地板上排出密集的障礙，一枝一枝唇膏，一塊一塊積木，一枚一枚西洋棋，組成了唇膏之森林，積木之迷宮，西洋棋之圍城。而貓躡足穿行其間，偶爾輕盈一躍，躍過了腳邊細瑣的攔阻，不曾撞倒任何物件。

實證了貓的敏捷伶俐的天性，朋友們覺得非常滿足了，又笑又嘆掌聲鼓勵，頒贈一聽貓罐頭給通過考驗的貓。貓睜著滴溜溜的眼珠，即使正視也彷彿斜睨地瞧著攝影的鏡頭，舔舔自己趾爪上的毛。

同時養貓又養狗的朋友也讓狗參加測試。實證了狗的翻覆所有路障的天性。西洋棋一枚一枚傾塌，國王皇后主教騎士，滿地凌亂的棋局。狗一樣獲得一聽作為獎賞的狗罐頭。

然而，在這樣的仲夏，我只能夠與我的金魚面面相覷，缺乏一切促狹的遊戲。隔著魚缸的玻璃，我與金魚純粹是看與被看的關係，沒有觸覺，沒有痛覺，不像養貓養狗那樣時而感知一段肚腹的柔潤，或是一道齒痕的微疼。我常常想，在貓派與狗派的人類之外，或許還可以區別出另一種魚派：魚派的人類習於更為稀薄的，富於禮貌的，無體溫的互動，儘管懷抱的熱愛不一定比較少。在養魚的世界，所謂的熱愛，大約也就是一座魚缸的長乘寬乘高的容量。金魚作為金魚，我作為我，我們各自生活在自身的結界裡，界線劃得清清楚楚，「遠在咫尺」，如同陳奕迅那首歌的名字。

遠在咫尺。我不只一次煩惱過關於保護的事情：如果有一天火警或地震來到，必須逃難的我究竟該如何處置魚缸裡的兩隻金魚呢。在那樣的緊急狀況裡，既不可能將整座魚缸搬走（我的魚缸連同其中設備至少重達三十公斤），卻也不可能就這麼不顧金魚的死活。即使當真能夠帶著兩隻金魚一起脫離險境，在水源與電源短缺的場所，金魚的壽命也沒法長久延續。於是我便唯有經常祈求風和日麗，世界無災亦無禍。

當我為了金魚而擔憂的時刻，金魚擔憂的又是什麼呢。也許牠們根本無所謂擔憂與否。兩隻金魚一逕在魚缸裡游上游下，一隻搖著黃尾巴，一隻搖著紅尾巴，成雙成對。金魚有金魚的呵欠。偶爾金魚會停在水中央，舒散牠們的胸鰭、腹鰭、臀鰭，大大張開了小嘴。那欠伸的模樣如此慵懶，像是百無聊賴，也像是靜靜的不耐煩。然而也只是像是而已。描述金魚的辭令，向來是奠基於這樣一套拘謹而忌諱僭越的日文文法：不能說他人是快樂的，只能說他人看起來很快樂的樣子；不能說他人是悲傷的，只能說他人看起來很悲傷的樣子。棲息在不同的介質裡，我與金魚是永遠的社交疏離。

儘管如此，物理上與心理上的距離每每不一致。最近因為工作的緣故，我在校閱一本羅列成語典故的舊書，校到了「胸有成竹」，關於一個善繪的男子，在庭園裡種滿了竹子，早也觀摩，晚也觀摩，於是當他提筆作畫之際，竹子自然就從筆尖一節一節溢長出來了。我在辦公桌的燈照下恍然明白，當一個人被某某物事包圍的時候，他的胸臆裡也會充塞著同樣的物事。滲透一般。金魚的身影已經悄悄滲進了我的胸膛，令我的心口無論何時都有牠們浮豔的姿態：午餐時，乘車時，睡眠時，寫一篇關於金魚的文章時。

這些就是我與金魚最接近的片刻。

撲克臉

每個晚上，牌友來到我的客廳，和我玩起了紙牌遊戲。一種以黑桃二為最大的遊戲。我們趺坐於沙發上，兩人面對面，總是發三疊牌，最終餘出一張。兩人各取一疊，誰有梅花三誰就獲得剩下那張牌，並且首先出牌。對子順子。葫蘆鐵支。我們攤開手中的一疊紙牌，表情不動聲色，於是幾乎沒有表情了。誰也不能在眉眼唇角流洩一點牌面的祕密。這樣的時日，我忽焉明白了字典上所謂「撲克臉」的意思。

撲克臉。我們生著一張五官齊備的臉孔，然而致力讓五官喪失效用。紙牌遮覆在面前，如同安裝一方口罩，捂住了嘴唇與鼻尖。因為捂住了嘴唇與鼻尖的緣故，裸露的一雙眼睛即使說得再多，也總像是沉默無語的模樣。

因為瘟疫與口罩的流行，據說全球的口紅市場十分蕭條了，鮮少有誰需要為了什麼場合而施丹傅粉，色素沾黏在鼻息氤氳的口罩裡，也只是徒增污染而已。擔任時尚記者的朋友告訴我的這則新聞，不知為何，深深地殘留在我的心裡，如同一隻皸裂斑駁的唇印。於是每日我出門去，在街上遭遇那些戴著口罩的男子或女子，總是暗自猜測著他們的唇色。櫻桃色？珊瑚色？玫瑰色？奶茶色？這畢竟是個不宜搽口紅的時代，不會有誰在誰的臉頰或襯衫印上證據一般的胭脂。這畢竟是個幾乎無法接吻的時代。人們互相謹慎維持著社交距離，板起無聲無色的臉孔，單單仰賴一雙稍微彰顯意見的眼睛，及其附庸的睫毛，囁嚅著，像是要說什麼又像是什麼也沒說。

生活裡偶爾會有這樣的時刻。聽著荒井由實的〈口紅留言〉（ルージュの伝言），忽然就在手機上滑到一則關於啞光口紅的廣告。或者聽著蘑菇帝國的隨便一首歌曲，躺在床上讀書，非常恰巧地，忽然就讀到一句「他們用一種質疑的姿態坐在店裡，販賣書籍，花朵和音樂，還有吸食了會產生幻覺的蘑菇」。這種時候我總是不知該如何面對，面對突如其來的，也許有也或許沒有的弦外之音。

那是潛伏於生活裡的旋律，以某種含蓄的，幽微的方式，暗示著，然而在我恍然懂得之前，就什麼也不能懂得。紙牌遊戲一般。在對方亮出珍藏的底牌之前，輸贏永遠只是隱蔽的謎底。好比她出了七八九十J，他遂出了九十JQK。她出了六的鐵支，以為絕對是壓倒性的勝利了，他又出乎預料出了一二三四五，數目最小的順子，然而是黑桃同花。她微笑，敗北，撒開手中尚未用罄的紙牌。他鬆懈，這才摘掉一張嚴飾的撲克臉，更改為技冠群倫的得瑟。關於撲克的比賽，比來比去，比的總是誰更能按捺咽喉裡的那口氣。那存在於紙牌背後的呼吸。近乎屏息。

撲克時間，撲克臉時間。難以看清他人臉孔的日子，我總是想起金魚。有些金魚飼主將金魚養在池裡而不是缸裡，於是日常便只能由上而下俯瞰著牠們的背影。金魚的表情無關緊要。在 Instagram 的金魚社群裡，某個金魚飼主蒐集著奇特的蘭壽金魚，總共得了三隻。在那些沒有背鰭的蘭壽的背上，各自生長著撲克的花紋：這隻有一枚黑桃，那隻有一枚紅心，另一隻有一枚鑽石。再來一隻梅花金魚她的撲克系列就完美了。她不惜高價四方徵尋。即使是人工培育的金魚，那背上要浮現怎樣的鱗色，也全然是運氣。

攤開手中的紙牌，某些牌型的花色數字湊不整齊，我也會有類似的求不得的惱恨。然而，儘管如此，我也只能提醒自己注意臉色的肅穆，千萬不要擺錯了表情。

美術家

世界上的動物被賦予許多不同的才能，供應人類各式各樣的物事：肉蛋油奶，絲與毛，負載坐騎，馬戲娛樂，解剖或實驗，宜室宜家的陪伴。每一種都是確確切切扎扎實實的功用。作為金魚飼主，我常常想，人類為什麼要飼養金魚呢。追究起來，金魚到底無法給予什麼人類不能沒有的東西，除了美術，除了美術導致的心動與心靜，如果這一切被承認是日常生活中不可或缺的需求。

介於生物與人造物之間，每一種金魚的美貌，再怎麼美冠一方，畢竟都是將突變的缺陷發展到極致之後，代代相傳的畸怪模樣。也許沒有什麼動物是金魚這樣，專門為了人類貪婪的眼睛而設計的——想要從上面欣賞，就有朝天眼金魚（上翻的眼珠與飼主四目相覷），水泡眼金魚（裝滿淋巴液的薄囊晃了又晃），蝶尾金魚（蝶翅一般的尾巴左右對稱地展開）；想要從側面欣賞，就有紅帽金魚（緋紅的肉瘤凸凸覆在頭頂），珠鱗金魚（乒乓球般的肚腹圓滾滾），泰國獅頭金魚（挺立的背鰭和飄飄的長尾在水中翻飛無定）。

我最喜愛的蘭壽金魚，宜於俯視亦宜於側視，飼養在木海、陶缽、庭園池塘裡，垂望著背部的花色，當然也好，然而飼養在高廣的玻璃魚缸裡，方才可以看見牠們嬰兒一般的精緻臉蛋。

金魚是不切實際的動物，滿足人類思想中那不切實際的審美的憧憬。人類是一枝一枝伶仃的鉛筆，在日以繼夜的書寫中越來越疲鈍，如果保有對美麗的珍愛，那愛意便是一部削鉛筆機，銳利刀鋒旋轉旋轉旋轉，讓人們疼痛，讓人們褪卻一層木皮，於是又重新拔尖拔尖拔尖，幾乎可以刺破生活單薄的紙頁。

儘管我並不是什麼金魚鑑賞專家，對於專家遴選金魚的法度我總是興味盎然。日本蘭壽協會每年舉辦蘭壽金魚的全國品評大會，我經常在那官方網站上，瀏覽著歷屆獲獎金魚的影像：第一名叫東大關、第二名叫西大關、第三名叫立行司……這些頭銜的排序是仿效相撲力士的階級而訂定。除了全國性質的賽事，各個縣市也有地方的小型金魚比賽，好比「葛飾愛魚會」「廣島錦鱗會」「讚岐蘭壽愛好會」之類。依據當歲魚、兩歲魚、親魚而分組，參賽飼主的金魚被安置在雪白琺瑯水盆中，數名評審放出眼光，講究著魚隻的頭形身形背形腹形尾形，諸般完美與不完美。一個拘謹的，循規蹈矩的美學社群。

在一切有形的細節之外，金魚游泳的姿態也是審查重點，必須雍容，必須恬適，即使生人靠近也不驚慌。如同古書《竹葉亭雜記》中的鑑賞原則：「要其於水中起落游動穩重平正，無俯仰奔竄之狀，令觀者神閒意靜，乃為上品。」

年復一年，有志參賽的飼主培育著符合審美標準的蘭壽金魚，計較著每一份營養，每一段光照，每一次換水的週期與水量。每一隻金魚都承載著飼主那美術家般的琢磨的意志。優勝的金魚立刻身價倍增，也許成為飼主自矜的收藏，水族店的鎮店寶貝，也許也就是美術品一般，堂皇進入買賣交易的系統。

有時我沉溺在金魚的美術之中，有時我又覺得不能不離得遠一點，看看這裡所謂的美術是什麼。人類是這樣無聊，無聊到必須對於某些事物施以幾近顯微的凝視，以便相信自己不無聊。無聊的意思是：無依且無靠。宇宙幽冥，雷霆萬鈞，誰都在等待可能來可能不來的雷殛，也許美術不過是避雷針，是個人的精神生活有了穩固的基萬，層層疊疊堆砌到某個高度，將要觸及滿天霹靂之際，那制高點方才必須安裝的物件。多出來的一小截金屬，乍看似乎是額外，卻又全然不是冗餘。而美術到底不能怎樣，如同避雷針到底不能杜絕落雷，不過是將烏雲裡的電荷疏導一疏導而已。

非必要卻並非不重要，這樣的事物，在人類生活中實在是處處充滿。好比有一次，我去看一齣舞台劇《玻璃動物園》，劇中有一幕，為了表達某種抑鬱的情緒，角色需要抽菸，於是演員當真就在台上抽起了菸，淡灰的煙圈徐徐包裹住他，令他的身體成為一抹難以辨識的暗影，逐漸模糊了。明明完全可以用其他道具代替菸草，簡單做個樣子就好，劇團還是選擇了真正的燃燒。那似乎是一種藍莓口味的涼菸，即使坐在第三排，我也能聞見一陣一陣嗆而甜馨的雲霧，撓著鼻腔，一抓一抓。

在氤氳的藍莓香氣的劇場裡，那氛圍即是一切。

飼主的心

成為金魚飼主之後，我也加入了幾個金魚聊天群組，在通訊軟體上或社群媒體上，大家早晚嘈嘈切切，討論著諸般養魚的技術與情報。

養魚首先涉及水電的條件。夏季限水斷電時，各地飼主紛紛傳來當地的水情電況，彼此問候：有無乾淨的水為金魚換水？有無充裕的電源維持過濾器、加溫棒、打氣幫浦的運作？明明已經缺水缺電了，還將僅剩的備用水電用在魚缸裡，可會招致同居親友的怨怒？停電時刻，我也找出預備的攜帶型打氣機，裝上乾電池，為我的兩隻蘭壽金魚製造源源的氣泡。颱風暴雨過後，苦旱的日子終於結束，資深飼主則會提醒入門飼主：此時水庫的水質較為混濁，自來水廠總要添加更多殺菌與淨水藥劑，因而暫且不宜為金魚換水。

水電與溫度控制息息相關。金魚耐得住冰涼，卻禁不起激烈的溫度落差，乍然受凍，每每要生病乃至死亡。冬季寒流來襲時，各地飼主相繼回報當地的氣溫數據，這城驟降至七度，那城驟降至五度，於是大家研究起了加溫棒的品牌與設定。某些飼主將金魚養在陽台或庭園，無有保暖遮蔽物件，此時正是不能輕忽的難關。深夜裡，大家在聊天群組裡一起為那些露宿的金魚忐忑著。旁觀這些關於季節、天氣、水電設施的話題，我總是明確感到其中有種名為責任的愛意，那愛字中央的心不是心，而是一枚劃下長長刀痕的必，必須且必然，必修課一般。那是飼主的心上的痛楚，所謂的心疼。

我的兩隻蘭壽金魚，住在魚缸裡，日復一日讓滿身的鱗片發出光芒。牠們一隻紅紅白白，一隻黃黃白白，游泳時在水裡一鑽一鑽，搖著屁股上柔軟的尾巴，彷彿在跟水撒嬌一般。深夜裡，我凝望著點亮靛藍色電燈的魚缸，許久許久。如果此刻有誰將我的眼睛拍攝下來，那雙眼睛必然也會萬花筒一般，轉動著來自魚缸的幾何與虹彩，在這裡，在那裡，忽忽明忽忽滅。

即使成為金魚飼主，我的身體也無法長出魚鱗。為此我不時思考著人類與金魚之間的距離。每一天我在小茶几的桌曆上記錄兩隻金魚的日常生活，好比游泳方式、進食速度、體態變化、疾病復原情形等等，並且將諸般客觀現象理解為金魚的意願和興致，也許其中到底不無幻想或移情作用的誤導。養魚只能成全單方面的愛。一個飼主的心是一座瀲灩的心字池，池裡金魚花花簇簇：蘭壽、珠鱗、龍睛、蝶尾、朝天眼、水泡眼、繡球、紅帽……各色各樣的金魚從來不言語。面對著水中來去的金魚，一個飼主最終能夠聽見的，也不過是自己迷戀的呢喃。

我常常想起二〇一一年中國央視春節晚會上，那魔術師表演的金魚方陣秀。魔術師攜來一甕宣稱是祖傳寶貝的龍睛金魚，二紅四黑，放在低淺的水槽裡，開始發號施令，六隻金魚就隨之變換隊形，忽而左轉，忽而右轉，忽而分色排列，忽而一字相連，彷彿當真聽得懂人話一般——當然是聽不懂的。這魔術是怎麼變成的呢。據說魔術師先餵金魚吃了小磁鐵，再以磁力或電力操縱，也有說是將磁鐵嵌進金魚肚子裡的，總之不無虐待嫌疑。動物保護團體為此出面譴責了。魔術師否認一切帶有猜測的指控，卻也並不公開魔術手法，因而導致部分觀眾好奇進行了金魚活體實驗。金魚終究還是成為道具乃至玩具了。

成為金魚飼主之前，也許我也曾經為這魔術嘖嘖稱奇，成為金魚飼主之後，我已經無法接納其中預設的居高臨下的，遊戲式的殘忍，因為金魚於我不再是無關緊要的隨便一種動物。

然而，即使我並不喜歡金魚作為道具乃至玩具的表演，金魚這種動物的誕生，最初就是為了實現一場有血有肉的演藝。人類要有金魚就有了金魚。從灰黑的鯽魚先祖突變而來，金魚是給改良又改良了的審美對象，美麗而幾乎無法在大自然中生存：眼睛望天的難以覓食；水泡膨脹的容易受傷；背鰭短缺的、尾巴修長的、體態圓潤的，游泳起來既晃且慢；頭瘤肥碩的或鱗色招搖的，立刻就成為飛鳥的狩獵目標。在金魚身上，諸般值得欣賞的養尊處優的美貌，其實也就是足以令牠們遭到淘汰的缺陷。

明白了這一點，我也就明白無論一個飼主對於金魚再怎樣深愛，其中都不可能沒有一點人類的自私。這真是令飼主如我感到十分為難的。出於自私的愛也算愛嗎？這樣的愛是怎樣的愛？這樣的愛裡是否有什麼問題？難道對於金魚最正確的愛，就是祈禱牠們從此消失在這世界上嗎？那樣的世界該會怎樣沒顏落色呢。

而事實上，幾百年以來，金魚產業早已是個繁華扶疏的經濟體系，其中涉及諸多人口謀生的職守，金魚畢竟不是說消失就能消失的。不提中國日本泰國這些金魚出口大國，台灣本土也有多處金魚養殖場，在山間，在鄉野，引用清澈冷冽的泉水栽培成千上萬的金魚，並且開啟一道長長的供應鏈。養殖場專司育種，中盤商居間批發，水族店定期挑揀理想款式再以高價販售，此外尚有大大小小的週邊商品、選美競賽、展覽活動，這一切勞動均是仰賴金魚而存在。

如果金魚已經在這裡了，已經是歷史流淌到今日的一部分了，我想一個飼主能夠做到的，也就是順應各種金魚現有的特徵與習性，儘量給予良善的照顧。這和金魚的記憶長短（當然不只七秒）無關，和金魚能否感知苦痛無關，和水族是否享有動物權無關，這只和飼主作為人類的抉擇有關。飼養金魚，或者飼養任何動物，真正的難處從來都是必須直視自我的慾望——即使是付出愛的慾望。付出愛令人感覺自己活生生。聊天群組裡的金魚飼主們，是否會認為我想著的這些問題過於嚴肅，嚴肅到近乎無聊的程度呢。無論這些群組的成員有幾十人，幾百人，飼養金魚終究是一場自己與自己的談話。

古老的金魚典籍經常提醒飼主：養魚即養心。而所謂的養心何其孤寂。於是我只能安靜，我只能安安靜靜，在每一天祝福那些破卵而出的，金魚的新生。

玩興

與寵物認識多時，飼主也會感覺到寵物的性格與意志，牠有牠喜歡吃喝的東西，牠有牠習慣窩藏的所在，愛憎迎拒諸般不同。於是飼主漸漸摸熟了寵物的脾氣，學習給予對方需要的照顧，這就是一段雙向馴化的過程。在人類與寵物的相處之中，究竟誰是主詞，誰是受詞，受到主詞發出的動詞的支配，往往不一定。

比起哺乳類與鳥類寵物，魚類寵物向來被視為較為低等的動物，然而金魚有金魚的智慧，玄妙的，深奧莫測的伶俐，就表現在牠們的玩興上。長期觀察著我的蘭壽金魚，我發現牠們經常莫名游向打氣幫浦發射出的氣泡。氣泡一陣一陣噴湧，金魚逆流而去，給那連串的氣泡微微推搡開來，又重新進攻一次，昂首直前，似乎很是享受被無數氣泡沖刷的瞬間。那些氣泡的力道並不太大，倒不至於對金魚造成怎樣的震盪，因此我總猜想牠們不過是進行著一趟一趟的泡泡浴，按摩一般。金魚的水療。至今也不知解析為何。

金魚是善於遊玩的魚類，許多金魚飼主遂有意提供金魚玩樂的設施了。有人買來輕飄飄的陶瓷浮球，擲入水中，當作金魚的玩具，金魚成雙游過浮球，撞了一撞，將那球頂至大萍的葉下。有人在魚缸裡布置了矗立的圓環，尺寸各異，金魚往復穿越，迴旋屢屢。有人直接就和金魚玩起了遊戲，伸出食指逗弄著，金魚競相探頭，他便一隻一隻搔過金魚多肉的下巴。那些金魚如此活潑，活潑得潑出了爛銀的水花，幾乎要濡溼攝影的鏡頭。我常常歪在沙發上看著各家金魚玩耍的模樣，在金魚自得其樂的時分，手機畫面也會比一尊霽青描金游魚轉心瓶更為精彩，令人感到徹底的放鬆。那種鬆泛，近於廢弛，如同在睡夢中揉斷腕上一圈年久的佛珠，絲線乍然彈裂，渾圓的琉璃珠子滾來滾去，這裡一點冰，那裡一點冰，終於遍及整個赤裸的身體，就連胸膛肚臍也要著了涼。

某次金魚之一的尾鰭淺淺充了血，我便去廚房找出清洗果菜的小瀝水籃，讓它浮在魚缸中，權充金魚的病房。安頓完兩隻金魚，我去忙點工作的事務，過段時間再來關切魚缸，就發現怎麼，怎麼兩隻金魚都在籃子外！我又將抱恙那隻撈回籃子裡，並且注意著其中的動靜。金魚一貫沒有異狀。我以為這次終於穩妥了，兀自忙去，怎知後來再看，金魚竟又離開籃子了！此後持續多次捉拿，金魚大約不願給關在那籃子裡。金魚是如何脫身的？

我為此設想了種種情境，設想了又推翻自己的論點。金魚是跳出來的嗎，不可能的，因為那小瀝水籃浮得高高的，與水面切齊，水面上不遠就是魚缸的蓋板，金魚沒法縱身一躍。籃子左右各有一個開口較大的小橫橢圓孔洞，等於供人提取的耳把，那麼金魚是鑽出來的嗎，也不可能的，金魚的身體圓嘟嘟，蘭壽品種的背脊又高，沒法通過的。難道是兩隻金魚彼此合作嗎，外面這隻金魚游到籃子下，將籃子略略馱得傾斜，讓裡面那隻乘隙游出來——更不可能的，金魚沒有這樣聰明。可是金魚真的沒有這樣聰明嗎……籃子裡的金魚察覺到我的目光與身影，就不肯洩漏牠離開的方式。

我坐到廚房的餐桌旁，佯裝打字，眼睛仍舊諦視著客廳的魚缸。忽然，籃子裡的金魚，側躺一般側過身子，從那小橫橢圓孔洞快速溜了出來。目擊了這一切的我，大約有三秒鐘不能說話。

金魚的密室逃脫，似乎玩多少次牠也不厭倦。

後來我就撤掉那籃子了。

本文收錄於二〇二一年二月出版《九歌一〇九年散文選》（九歌）

泡泡

幾年前流行過一陣的金魚茶包，現在不知道是否依然廣受歡迎。小小的茶包做成蘭壽金魚模樣，輕盈游在茶杯裡，肚子裡藏著茶葉與花瓣，魚尾悠然綻放。反轉了所謂的「杯底不可飼金魚」。一切的創意設計都是譬喻性質的，而我對於喻依的工整向來要求到近乎苛求的程度：茶包是金魚，茶杯是魚缸，茶湯自然就是養魚的水了。每每想到這裡，我便不能苟同金魚茶包的風雅——出於作為金魚飼主的潔癖。

某個金魚飼主也用金魚茶包沏了一杯玫瑰烏龍，沖進開水，茶湯裡浮現許多細微的泡泡。他錄下這段畫面上傳社群媒體，註解如此：魚缸裡泡泡持久不退，顯然水質不佳，需要好好培養硝化菌，處理一下金魚屙出的氨氮廢物。我對著電腦螢幕低低笑了。其實這個註解不過是水族飼養社群裡一個極其無聊的圈內梗，可是它充分反映了每個飼主的日常掛念，因而在網路世界鮮明起來了。

魚缸裡的泡泡是暗示水質變化的重要徵兆。過濾設備與打氣幫浦運作著，在魚缸裡製造出源源不斷的泡泡，這些泡泡理應倏忽即破，最遲不出三秒，破不了的就是薄膜過於濃稠堅韌，因為水中具有大量的，不能不留意的物質了：藥劑，維生素，殘餌，油脂，金魚的黏膜，精液，或者便溺裡的氨氮毒素。對於一個金魚飼主而言，預防魚疾的技能之一即是辨識各種泡泡隱含的訊息。大而不破的泡泡是什麼意思？魚缸角落聚集的小白泡沫是什麼意思？綿亙到底的連珠泡是什麼意思？水面一整片的浮漚是什麼意思？在學習指認良性與惡性泡泡的過程裡，我總是感到養魚事務充滿了推理劇的懸疑。

然而，在我的平凡的魚缸裡，沒有這許多戲劇性十足的泡泡。只有打氣幫浦日復一日噴薄著，噴出一嘟嚕一嘟嚕的碎泡。深夜的魚缸裡，點亮了靛藍色的電燈，整座被玻璃圈起的空間便成為一個夜空，那一嘟嚕一嘟嚕的星星，密密疏疏，串連出滿天宜於瞻仰的星座。我最喜歡的時刻，就是在廚房的餐桌上工作許久以後，偶然抬頭，看見紅的與黃的蘭壽金魚在魚缸裡，靜靜漂浮著，宛若置身太空一般，無病亦無痛。在這樣的一瞬間，整座魚缸裡的光影也會慢了下來。金魚暫停。水草暫停。泡泡暫停。標本一般。

我抱膝坐在魚缸前望著這一切，望到近乎發愣的程度，猛然回過神來，金魚游過進行了光合作用的水草，尾巴迅速一掃，登時掃起了綠葉之間大大小小的氧氣泡。

生活在符號化的世界裡，看什麼都可以是符號。沒有一種泡泡是缺乏意義的，即使是三秒爆破的泡泡，它也有它清澈的意涵。也許是我對於意義太過熱衷，於是凡事都非得從中搜出個什麼道理不可。也許偶爾是不必這樣熱衷的。有一次，我去醫院探訪開刀的朋友，連續去了幾天，每次經過護理站，總會看見許多白衣護理師，其中必有一位穿著紅色的開襟毛線罩衫，也僅有一位，次次不同人，彷彿是同件罩衫大家輪著穿的。我兀自想著，這裡面定然有個緣故，大概護理師穿紅就意味她是那個時段主持某某任務的前輩。我問了朋友，朋友也不能確定。

午夜將近，朋友的手術傷口痛了起來。我們按鈴請來護理師打針。來的正是當晚唯一穿紅色開襟毛線罩衫的那位。注射既畢，我悄聲向那護理師問道：「每晚你們都有一人穿紅色，這代表什麼特別的意思嗎？」護理師回覆道：「我們每個人都有一件啊。沒有什麼特別的意思，穿它就只是代表我很冷。」

噢。原來就只是很冷而已。

鱗傷

魚缸住著兩隻蘭壽金魚，彼此色澤迥異，一隻白身紅鰭，背上一塊紅鱗；一隻黃身黃鰭，肚腹一圈白鱗。因為並未取名的緣故，每當我和旁人一起觀看金魚時，總是稱牠們「紅色那隻」或「黃色那隻」，或是一邊說「你看牠」一邊伸手去指，指尖跟著游動的金魚周折來去。後來讀到清代蔣在雝《朱魚譜》中的金魚花色分類，我才知道兩隻金魚的外表早已給登記過了，一曰霞蓋雪，一曰金袍玉帶，大約在舊人的眼睛裡皆是珍奇款式。

霞蓋雪的泳姿富於變化，時而側臥，時而顛倒，時而整個身體打滾著，轉過一圈又一圈，一副徜徉於水中的活潑相，令人疑惑牠可也會暈眩。金袍玉帶是從不這樣攲斜翻騰的。我打電話去水族店詢問何故，店方表示，那魚天生體弱多病，調節浮沉與平衡的魚鰾也有點缺陷。話筒那頭低低笑道：「那時你來挑蘭壽，我看你很喜歡牠就沒多講，現在你若不要就帶回來，我換一隻給你。」可是事到如今，我已經不願意換了，為了水族店的誠信問題，也為了對於日夜見面的金魚的捨不得。一隻金魚畢竟有一隻金魚的臉。

儘管飲食起居都在相同的環境裡，兩隻金魚的適應情形卻不太一樣。金袍玉帶一向安穩無虞，霞蓋雪卻不時有些症狀，因為牠對於水質變化極為敏感，魚鰭魚鱗每每浮現發炎的血絲。金魚自古即是為了視覺審美而誕生的魚類，是一切目光的焦點，然而更為重要的其實是那些眼睛看不見的水中物事：溶氧量，溫度，鹽度，硬度，酸鹼值，氨氮毒素，菌相——這些因素不斷影響著金魚的健康與漂亮。病情最嚴重的一次，霞蓋雪的頭瘤上爛出了微微的紅瘡，是細菌感染引致的潰瘍。隔著魚缸的玻璃，我的心亂成一桌四散的撞球，各有各的數字，各有各的顏色，東南西北，急急跑得不得了。

魚醫生是有的，可是到底不夠普及，每個飼主終究都要學著醫治，在查遍手邊所有的資料以後。為金魚施行藥浴的日子，我根據魚缸水量加入藥劑，一滴一滴一滴。螢光綠的藥劑在魚缸裡慢慢擴散開來，雲霧繚繞，彷彿電影裡的妖氣魔氛，很有不祥的意思了。霞蓋雪在螢光綠的水裡游來游去，沒有一點病容。我不禁對牠問道：「哈囉，你知道你正在生病嗎？」

等到金魚感覺到自己的不適，也就不再游泳了，孤僻躲在魚缸角落的小榕底下。小榕的葉子已經長得比金魚更大，瑟縮的金魚看起來很小很小。

日前讀到某本十數年前的散文選集，其中有一篇舒婷的〈魚鳥鼠詠諧曲〉，作者談及自己飼養紅帽、珠鱗、龍睛、水泡眼等多種金魚的經驗，也提到了藥浴事宜：「僅魚藥就集一小籃，有各類抗生素、高錳酸鉀、甲基藍、小蘇打和鹽。春秋季節，隔離住院的病魚分放好幾個小盆，常規藥液泡洗二十分鐘左右，有時怕把魚醃壞了，只差捏個秒表守在邊上……」我讀著這段關於治療金魚的敘述，真是非常希望和作者當面聊一聊。不拘是養魚養鳥養花養人，也許任何養育都是帶有實驗性質的，這裡一操作，那裡一操作，時時更改與檢討，只為了印證習得的方法是否真能導向預期的結局。養魚養魚，最終養出的總是嘗試並且等待的耐性。

那一次生病，霞蓋雪比我想像的更為強韌，紅瘡兩週後就癒合了。

水族藥劑易於光解，魚缸換過新水，再給午後的太陽照一照，最後一層殘留的淡綠也消失了，彷彿藥浴只是一件遙遠的回憶。我在記錄金魚病歷的桌曆寫上一個「痊」字，發現這日正好是春分。

銀鹽

偶然讀到一篇談論攝影的文章，論及懷舊與銀鹽照片復興的關係，讀完了以後，那作者富於留戀的語氣還留在眼底，不能退散。在智慧型手機普及的時代，底片相機仍未遭到汰除，就連修圖軟體上亦有強調銀鹽風格的濾鏡，模仿昔日照片那種微帶顆粒的，略為粗糙的影像質地，儘管追根究柢，它的真相其實是技術的極限，是從前不得不接受的瑕玷，它在今天已然因為未臻完美而更形完美。

化學課本表示：氯化銀、溴化銀、碘化銀皆是敏感於光線的底片材料。如今想起這關於銀鹽的課文，真是既古典又新潮。上了銀鹽濾鏡的數位照片，蔚為時尚，它們所懷念的舊也許比真正的舊更舊。

照片總是關於舊。不拘是銀鹽照片、數位照片、上了銀鹽濾鏡的數位照片，照片總是封印萬物在舊時的形貌，儘管那舊也許不過是上一秒鐘，它過去了就是過去了。熱衷攝影的人想必都有某種程度的偏執與忐忑，近於《櫻桃小丸子》裡的小玉爸爸穗波真太郎，對於終將並且行將消逝的一切不能撒手坐視。我常常感覺自己是一個穗波真太郎，日日夜夜將鏡頭轉向客廳的魚缸，終於拍下了數以百計的金魚身影，以及牠們身邊的水紋與氣泡。為此我在 Instagram 上開設了一個名為「金魚夜空」的帳號，專門傳輸我的蘭壽金魚的照片。這個帳號的名稱是個無聊的日文接龍遊戲：金魚（kingyo）與夜空（yozora）二詞可以連著一起念，念起來沒有什麼特別的音韻，也許只有我自己覺得有趣。然而，我並不積極於更新這個帳號的內容，倒是經常一張一張回顧金魚成長的影像，為了水族的夢幻性質而感嘆著。

幫金魚拍照時我有儀式化的前置作業：取出平日留藏的過期月曆，翻至背面的空白當作魚缸背景，因為這些月曆的銅版紙材善於反光，也許有點類似照相館那銀色襯裡的黑雨傘。點亮魚缸蓋板的靛藍色電燈，整座魚缸立時就成為一個夜空一般的攝影棚，氣泡是星星，水紋是極光，三株沉木水草則是天造地設的道具森林。布置好了這一切，金魚卻並非等閒就能拍下的對象。牠們在魚缸裡游來游去，不曾為了鏡頭而停頓半晌，因而拍照的我總是必須靜待佳機，如同夜市撈金魚一類的事宜。

金魚攝影是一種捕撈。薄薄的紙網承載一隻金魚，謹小慎微，無奈我的手藝不精，網子倏忽就破了一洞——金魚不受支配與誘導，時而左右，時而上下，時而成雙，時而仳離，我擎著手機瞄準復瞄準，終於決定拍攝的瞬間，金魚輕易又溜出螢幕畫面了。陳奕迅在收音機裡低低唱道：「只一格，經典的偶遇已不在，儘量框住目前，大概——」金魚擺尾凌空而起，我可以想像牠們體內那氣球一般的魚鰾徐徐膨脹，協助牠們浮升至水面之下。金魚給電燈照射著，那沒有背鰭的背上，紅的黃的鱗片閃爍復閃爍，反映在我的瞳孔深處。

金魚美麗的部分之一在於斑爛多變的顏色，儘管這不過是魚鱗中黑色素細胞、橙黃色素細胞、淡藍色反光物質的排列組合，諸般基於基因的搭配依然吸引歷代飼主的注意，並且召喚他們禮讚的詞藻。在攝影技術盛行以前，清朝便有《金魚圖譜》收錄工筆描繪的金魚彩畫，鄭重對讀者展示各種巧立名目的花色：「梅梢月」、「火裡煙」、「紅雲捧日」、「將軍挂印」、「一片冰心」、「一片丹心」、「佛頂珠」、「點絳唇」……琳瑯的金魚啟發了琳瑯的文字。如今翻閱起來，這本小圖鑑裡的金魚畫風似乎不夠討喜，但是我深深感到其中保存著一種人類對於大千色相的記述的慾望——在色相之下，即是金魚一身尖銳的白骨。

每次幫金魚拍照，每拍一張我就當作那是金魚的遺照。當我拍下金魚，照片中金魚浸泡著的時間已然逝去，因而照片總是諄諄提醒觀看的人：死亡就在這裡。儘管我絕對不是什麼專業的攝影師，在檢視金魚照片的過程裡，也不禁體悟攝影的本質即是「過去心不可得，現在心不可得，未來心不可得」。也或者是蜷川實花的電影《惡女羅曼死》的原文片名「Helter Skelter」，世間一切皆是來去匆匆，方生方死，就連此刻都顯得如此遙不可及。我製作著照片，我瀏覽著照片，我被照片裡的刺點刺痛。在金魚照片裡，所謂的刺點，也許就是那滿身鱗片覆蓋著的魚骨穿刺而出，報喪一般，因為我明白終有一天我將只能在這些照片裡哀悼牠們的生命。

日日夜夜拍攝著金魚的照片，即使並不採用銀鹽濾鏡，它們於我已然洋溢過去式的色澤。那是金魚小小的精神性所散發的靈光，凝止在數位時代的相簿裡。在一切壞空以後，至少還有這些照片留作憑據，證明曾有這樣一對金魚活在地球上，活在這旋轉得快而又快的地球上，為某個執迷的飼主提供了短暫的絕美、逸樂與清涼。

金魚葬禮

金魚最後的日子裡，我的生活似乎沒有了光，因為魚缸裡的藥劑受到光照就會分解，客廳的電燈遂持續關閉著。我坐在廚房的餐桌旁，點一盞小小的台燈，打擊著鍵盤，打完一篇即將截稿的文章。偶然抬頭看看魚缸裡的金魚，牠背上的紅鱗依舊豔豔。其實如果想要開燈，只要幫魚缸罩上遮光的布巾就好，可是我總覺得我不能不看見金魚，金魚也不能不看見外面的世界，否則實在太像圈禁了。落地窗外的夜空，忽然一響一響，似乎是河堤那裡正在施放煙火。妙華殊勝，慶賀著七月到來的氛圍。行人與汽車流淌而過，不會有誰知道高樓裡，一隻蘭壽金魚正在浸沐著牠的藥浴。

養魚養了幾年，在報紙專欄寫了一些關於金魚的事情，漸漸也會有初識的人們問及魚缸裡的兩隻金魚，一隻紅白色，一隻黃白色。我沒有告訴他們，紅白色的金魚得到了一種名為「松果症」的疾病：因為腹腔積水的緣故，金魚整個身體圓了一圈，鱗片微微賁張，宛若一顆木鱗豎立的毬果——至於腹腔為何積水呢，那原因便非常複雜了，也許是腸道發炎，也許是魚鰾異常腫脹。也或許都是。這般松果模樣，我在養魚之初即在水族書籍上看過，後來也在其他金魚飼主的病魚身上看到，據說極難醫治，即使治好也可能屢次復發。知道這件事情的同時，我也就知道自己總有一天必須面臨它的發生，因為我並不相信自己有這幸運，能夠第一次養金魚就養到高壽。然而，某些飼主悉心調養，確實也曾救回了炸鱗的金魚，因此我總還是抱持著一絲絲希望。一絲絲。

病去如抽絲的一絲絲。任何金魚飼主想必都能理解，養魚的過程即是克服魚病的過程：換水略急一點，金魚便可能產生水傷，體表燒焦般黑掉一塊；天寒水溫動盪，小瓜蟲活躍，尾鰭即浮現一點一點白膿；水質不佳，細菌與真菌密布，則有潰爛與滲血之虞。金魚的綺麗就在於健康，不傷不病不勞不飢，方是唯一的完美與正確。因此飼養金魚實為一種控制的技術。儘管世上諸般控制的存在，終究都是為了揭櫫控制之虛妄與難能。

第一次去到那間水族店，在一群蘭壽裡我一眼就看見了我的金魚，因為牠的臉蛋潤白飽滿，嘴上有一枚紅色花斑，像個特意安裝的小丑鼻子。這是一隻活潑的小當歲魚，背上一塊紅鱗，來自外國的養殖場。後來我就常常到水族店看金魚，貼著魚缸，觀察牠的每個部位：眼睛，紅白鱗片，胸鰭腹鰭臀鰭尾鰭。心臟是看不到的，然而我知道金魚的心臟必定在牠的身體裡一突一突跳動著。一如我的。過了很久，這隻金魚都不曾賣出，我想這也許是某種信號，暗示我應該帶牠回家。於是店員替我將牠捉起，裝進提袋，並且灌滿氧氣。

養了蘭壽金魚以後，我對於各種金魚資料都充滿興趣，對於蘭壽的文獻尤其好奇。《竹葉亭雜記》表示，金魚依照身形可以分為四型：草種、文種、龍種、蛋種。蛋種金魚圓潤如蛋，缺乏背鰭，自中國傳進日本以後，在《金魚養玩草》中一度稱作「卵蟲」（ranchu），後來又因為諧音與翻譯而寫成「蘭壽」。蘭壽金魚頭瘤發達，生著一張嬰孩般的臉蛋，即使不嘟嘴也像嘟嘴。據說牠們鼓起的腮幫子又叫「波波」。我記得在水族店裡遊逛，那老闆告訴我：「這種蘭壽是有『波波』的品種，以後頭部還會長得更大。不餵爆頭飼料也會的。」我不知道「波波」這詞的典故為何，也許是粵語——粵語裡的「波」是「ball」的音譯——「球球」的意思。一隻蘭壽金魚，作為珍稀的商品，先要經過數百數十年的培育，直到性狀穩定，再要經過國與國、城與城的運輸勞頓，方能抵達某個客廳的魚缸。想到金魚身上背負著的時間與空間，我便不禁肅然起敬。

養著金魚的日子裡我非常快樂，餵食換水整理水草，購買許多可能需要的設備。金魚未必認得我，卻認得我拿小湯匙撒下飼料的手指，有時沒有飼料，只有手指，金魚也會浮上水面一親一親。看著金魚我總是想：如果擁有讀心術就好了。如果擁有讀心術，我想要瞭解金魚在想些什麼。問題在於，金魚也有所謂的心嗎，不是心臟，心。愛著一個不知道有沒有心的生命，缺乏體溫、語言、情感的交流，這樣的愛究竟是什麼呢。而我愛的究竟又是什麼呢。是金魚的臉蛋？花色？游泳的姿態？也許我真正愛的，不過是一種愛著的感覺。這麼一想，我便不禁感到格外地孤獨。

離開魚缸，白天我在一間出版社裡擔任編輯的工作，交涉版權，審稿校稿，聯絡作者、排版公司、插畫家，偶爾至印刷廠確認新書的色澤。這是一間離職率極高的出版社，到職一個月，我已經是整間公司裡最資深的編輯，並且必須傳授兩位新進的編輯妹妹各式編務：校對符號，落版單，出血線，有聲書腳本的守則。賺錢是快樂的。

賺錢支撐著我的養魚與寫作的餘裕，可是上班並不是快樂的。在我的座位旁邊，社長有他獨立隔間的小辦公室，牆上開出一扇寬廣玻璃窗，下著百葉簾子，拉起就可以監視外邊諸位職員。那扇窗戶總是予我一種錯覺，彷彿我正與一座魚缸比鄰。

有時我被社長叫進小辦公室裡，與他討論接下來的出版計畫。偶然從玻璃窗望出外面之際，我便覺得自己恍惚明白了金魚的感受。明白了金魚的心。

儘管如此，我始終認為對於動物的擬人修辭是非常危險的事情，因為其中不免涉及人類的自我中心主義。有一次某位讀者寄信給我，問我寫到寵物時為何總用「牠」作為第三人稱而不用「他」或「她」，用「牠」未免太過具有貶低意味了。確實我一直是這樣一個作者，堅持用「牠」來指稱非人動物的作者，然而我的想法是，把動物放到人類的位置，以此作為平等與尊重，其實尊重的也不過是人類而已。如果人類是真正謙卑，又怎會認為將動物稱作人類是一種提攜與拔擢呢。我將這些意見寄給那位讀者，然而終究沒再收到回覆。

無論金魚有沒有心，牠只要好好當牠的魚便已足夠。在辦公室裡，我一邊在稿件蓋上「一校」「二校」「三校」的印章，一邊想著魚缸裡的金魚是否康復一點了呢。

我把月曆上的日期，都當成生日蛋糕上的數字蠟燭，點上一朵小小的火焰。吹熄一組蠟燭，就又過完一日。我把每一日都當成金魚的生日，兀自祝福著牠的生命的延續。然而金魚並沒有好轉一點。牠在水中游著，即使游不動也要游著，身體偶爾觸電似的震顫。那樣的哆嗦似乎很是痛苦。我打電話去熟稔的動物醫院詢問安樂死的方法。醫生表示，金魚的血管太過纖細，不宜打針，但是可以浸泡一種吸入性麻醉藥的溶液，只要三十分鐘。安樂死一千元。寵物火化到府接送，一千五百元。最後我終究沒有選擇進行這樣的手續，因為我總是希望金魚能夠痊癒的，一如此前的每一次小恙。

關於金魚的一切，真是一份甜蜜的哀傷。像室生犀星那部小說改編的同名電影。在《甜蜜的哀傷》裡，年老的作家在庭園池塘裡養了一隻金魚，並且與那金魚幻化而成的少女談起戀愛，整個故事都瀰漫著一股恐懼，對於失戀，對於死亡，對於終將到來的江郎才盡。作家為金魚少女準備的水壺上，有個「犀」字署名，因此這故事也許很接近室生的自傳了。在某個演講的場合上，作家嚴肅地告訴在座的聽眾：「文學與其他的學問不同。如果不是發自內心喜歡，是無法從事這項工作的……」我想，除了文學，金魚也是的。等待金魚療養的日子，我在不開燈的廚房裡反覆看著這部電影，看到很晚很晚，然後去對藥浴中的金魚輕輕道一聲晚安。

室生犀星必然也曾對他的金魚道過這樣的晚安。並且不再需要早安。某一天早晨我醒來，就發現金魚已經死了。毫無氣力地漂搖在水中，載浮載沉，已經是一副魚屍了。我將金魚撈進小瓷碗裡，合十拜了一拜，就讓牠溜進浴室的馬桶裡，蓋上蓋子，按壓沖水的扳機。日日與金魚近距離面面相覷，我總是以為金魚不小，原來牠從頭到尾也不過一隻無名指的長度。波濤洶湧的聲音傳到我的耳邊，如同《慈悲三昧水懺》經咒。金魚的眼睛消失了，紅白鱗片消失了，胸鰭腹鰭臀鰭尾鰭消失了，心臟消失了。金魚寧息在漩渦的透明裡。獨立養育一個生命，獨立目送這個生命的殞落，這些都是金魚給予我的體驗。

金魚葬禮只一剎那。離開浴室，我到冰箱找出囤積多時的香草冰淇淋，吃過一盒又一盒，吃到眼淚不再流下來為止。

夏天。漫長的夏天。我的金魚像冰淇淋一樣融化在這個世界裡。

自然

金魚的味蕾不只分布在口腔裡，也分布在體表和魚鰭上。每當我拿小湯匙將飼料撒入水中，牠們立刻就能感覺到氣味。我喜歡觀察金魚進餐的模樣，金魚對於食物總是殷勤無比，魚缸底部永遠乾乾淨淨，不會留下任何一點飼料。金魚有金魚的牙齒，生長在咽喉裡。起初我總是疑惑：為何魚缸底部，每隔一段時間就有一顆顆潔白的，砂礫一般的小東西呢。後來偶然翻閱書籍，方才得知金魚也會換牙。新的牙齒萌發出來，舊的磨損了的牙齒即會脫落。

如果將金魚的牙齒一顆顆蒐集起來，最終或許也能積累成一瓶小小的星砂。可是我到底沒有這麼做，只是在每次換水的時候，將這些渣滓隨著污水一起倒了去。於是在心愛的金魚病死以後，我便沒有任何來自牠的身體的紀念物。金魚完完全全離開了我的生活。

那段陰鬱的時期，一行禪師的《芬芳貝葉》是我的床邊讀物，擺在枕畔，每晚睡前就著台燈讀上幾頁，便能覺得平靜一點。這是一行禪師三十數歲的日記，寫於美國和越南，其實有點像一本關於弘法的第一人稱自傳小說，既不嚴肅也不高慢，僅僅是呈現了一位智者在生活中的勞作與思慮，偶爾襯著花鳥風月的景致。不知為何，我一直沒去搜尋一行禪師的照片或影片，直到接獲報章上的訃告。或許是因為他在字裡行間的形象於我已經非常充分，不需要其他媒介的佐證了。

Facebook 上有個名為「金魚葬儀社」的社團，其中充滿了各地飼主對於死去金魚的追思文章，以及金魚最後的遺照。有的金魚渾身鱗片因病僵立成松果模樣。有的金魚被埋進洋桔梗盆栽的土壤中。有的金魚終於能夠測量身長和體重，直尺和磅秤上標示著關於成長的數字。金魚離開以後，我閱讀著這個社團裡的一切，感覺到一種私密的救濟：如果我可以明白這些飼主的悲傷，那麼我的悲傷或許也就有人可以明白。僅僅是確信這件事情，我便能夠稍微安慰自己。

然而，這樣的安慰到底不能持久。每天早晨我在浴室的鏡子前刷牙，金魚的身影總是驀地又游過我的心上。我知道我又要花上整個長長的白晝，讓金魚的影子越縮越小，縮小到不再動搖思緒，並且在翌日重複一次同樣的過程。電動牙刷一震一震，緩緩摩挲過我的每一顆牙齒：門齒，側門齒，犬齒，小臼齒，大臼齒。我不禁想起來，在某場講座裡，一行禪師表示，刷牙亦可以是修行，即使不過是短短的兩分鐘。在刷牙的當下，去體悟自己有時間可以刷牙，有牙齒、有牙膏、有水可以刷牙，這些即是修行。現在，我正在修行了。

一行禪師過世後，王鷗行在 Instagram 上發布了幾則悼念的動態。其中一張黑白照片中，一行禪師站在田野間，含笑擎著一株幾乎與他齊高的向日葵。王鷗行以英文寫道：「老師，謝謝你存在。我多驕傲我能來自你來自的土地。我多驕傲我能稱自己是越南人。以及佛教徒。」讀見這些字句，我這才確切感知到高僧已然遠行了。在黑暗的臥室裡，我抱著膝蓋，對著筆電，靜靜看完了整場荼毘大典的直播。

生活在這宇宙上，我們什麼都留不住。心愛的人物，心愛的事物，心愛的寵物，什麼都留不住，而我們別無他法。一切都像水龍頭裡汩汩流出的水，既然流出來了就要繼續流下去。每天我站在盥洗的鏡子前，感覺一切擦身而過，而我只是一枚載浮載沉的沉浮子，隨著水波高高低低高高。人類來到這個世界一次，或許就是為了學習讓心愛的那些一一經過。在這些都一一經過以後，我們最終剩餘的不過是自己的牙齒：門齒，側門齒，犬齒，小臼齒，大臼齒。

一切如此自然。一切如此自然而然。

九　歌　文　庫　1　3　9　7

金魚夜夢

國家圖書館出版品預行編目（CIP）資料

金魚夜夢 / 林薇晨著 . -- 初版 .-- 臺北市 :
九歌出版社有限公司 , 2023.01
面 ; 14.8 × 21 公分 . -- (九歌文庫 ; 1397)
ISBN　978-986-450-516-6 (平裝)
863.55　111020098

作　　者——林薇晨
責任編輯——張晶惠
創 辦 人——蔡文甫
發 行 人——蔡澤玉
出　　版——九歌出版社有限公司
台北市 105 八德路 3 段 12 巷 57 弄 40 號
電話／02-25776564・傳真／02-25789205
郵政劃撥／0112295-1

九歌文學網　www.chiuko.com.tw

印　　刷——晨捷印製股份有限公司
法律顧問——龍躍天律師 ・ 蕭雄淋律師 ・ 董安丹律師
初　　版——2023 年 1 月
定　　價——340 元
書　　號——F1397
I S B N——978-986-450-516-6
9789864505159（PDF）